JN075711

ねこじゃらし、はねた

松ゆうき

鳥影社

ねこじゃらし、はねた

目次

ねこじゃらし、はねた

ねこじゃらし、はねた

九月のある朝。私は療育施設の廊下を精神科の医師と一緒に歩いていた。日中はまだまだ暑いのだが、朝はこころなしか涼しく感じられる。廊下はよく磨かれていて、中庭からさす日の光を受け輝いていた。

「酒井相談員さんとは、一ヵ月に一度だけ一緒に仕事をするだけなんだけど、何か仕事がしやすいんですよ」

前髪の一部が白髪になり優しい雰囲気を漂わせている医師は、私にそう言った。

「ありがとうございます」

「何年になります？　相談員として勤務されて」

「六年になります。けれど、ここに関わったのは二年前からですからまだまだです」

「いやいや」

医師は微笑み階段を上がり始めた。

ここは市が取り組んでいる子育て支援の一環の施設だ。一歳半や三歳児健診などで発達が心配とみられた子どもたちを集め、保育をしている。

私は普段は役所にいるが、一週間に一度のわりで、ここに通う子どもたちの相手をしに来ている。定期的に大学病院の医師が通所児の診断にくるが、そういう日は医師の横で診察の立ち合いの形で同席することにもなっている。

私が相談員の仕事を始めたきっかけは、息子の昭二の心理を理解したくて、カウンセリングの勉強をしたことだった。昭二は自閉症だ。自閉症のことはよく分かった。その上に、初めは考えていなかった心理全般についても深く勉強できた。勉強が終わった頃、運よく相談員の仕事をすすめてくれた人がいた。

仕事を始めて一年経った頃離婚した。夫は高校教師だった。離婚の理由は色々あったが、昭二への思いの違いというのが一番大きかったと思っている。

階段を上がるとすぐ前に大きなプレイルームが見える。すでに何組かの母子が自由におもちゃを取り出し遊んでいる。それを見ながら左に曲がり、少しすすんだところの個室へと入った。

医師は今しがたこの施設の保育士から集めた子どもたちの資料に目を通している。

今日診察を受けるのは三人の子どもだ。私は、医師がいつも使うおもちゃを棚の中から取り出していた。

「今日の三番目の子どもが大変そうだねえ。もしかしたら典型的な自閉症かもしれないね」

医師は明という子どものことを考えている様子だ。

「はい、明君ですね」

とだけ答えた。明君の自宅には、通所を開始する前に一度訪問をした。けれど明君本人は昼寝をしていて、母親から成長の過程を聞くだけになっていた。この療育施設に通うようになってからも、私がこちらに来たときはよく休んでいて、二度ほど少しの時間、遊んだきりだった。表情が乏しく視線が合いにくいという記憶はあるが、自閉症かどうか、はっきりと言えるほど私は明君に関わってはいなかった。

自閉症は病気ではなく生まれついての障害で、成長してくると、はっきりと分かってくるものだ。七十年以上前に、レオ・カナーという精神科医の注目により分類されたものだ。当時からつい最近まで、親の育て方の問題ではないか、といわれた。当時発表された頃は、高額の医療費を払って子どもの発達の診断をあおぐことはまれだっただろう。それが可能な少数の裕福な家庭の分析から自閉症の原因を考えられたことは、その後の自閉症児の育児支援に不適切で曖昧な影を落とすことになったと私は思っている。さらに理解のない世間の人達からは「親の育て方のせいなんだったら、自分たちで育てなおせばいいじゃない」といったような冷たく偏見に満ちた声が親たちを孤独へと追いやったともいわれている。

自閉症の特色は、コミュニケーションがとりにくいこと、社会性が育ちにくいこと、特に重要でもないことに強くこだわること、などだ。

明君のことを気にしながら、先の二人の子どもの診察に立ち会った。医師からは特別なことは告げられず、しばらくはここへ通った方が子どもの成長にはいいというような助言があった。

明君の診察の順番になった。白一色の壁に囲まれた狭い空間に明君と母親が招き入れられた。

二人はカーペットの上に座った。

「明君はちょうど二歳だね。一歳ぐらいまでのことを思い出してほしいんですけれど。部屋の端までハイハイしたり歩いて行ったとき、どんな風でした？」

「部屋の端まで行ったときですか？」

「うん。外へ出たい感じのときにね。例えば、あーっとか声をあげて注目させたとか。あるいは諦めてじっとしていたとか」

「どうだったでしょうか。……諦めていたことが多かったでしょうか」

母親はそう言って明君をじっと見た。

明君は母親の横で寝転がり、おもちゃの車を前後させタイヤが回るのをひたすら見ている。

「明君。明君。先生に車見せて」

医師の声かけがあっても明君は何の反応もしない。

医師は母親の方に目を移す。母親はどことなく不安げな様子で、明君の靴下がずれているのを引き上げたりしていた。

私は何も言わず、ひたすら話の内容を筆記していた。

「何かすごくこだわっているものとか、ないですか？」

「ええ。はい、あります。キッチンの換気扇が回るのをずっと見ています。止めるとすごく怒るんです」

「うーん」

徐々に医師の表情がくもってくる。医師は明君が自閉症だと確信したようだ。私も今、じっくりと明君を見ていて医師と同じように思う。

「あのう。急に夫の転勤が決まって九州に引っ越すことになったんですけれど」

「聞いていますよ。向こうへ行っても、ここと同じような施設には通って下さいね」

「はい」

と小さく返事をしてから母親は少し考えるような仕草をした。

「環境が変わったら、明、よくなるんでしょうか」

「それは、接し方の問題ですよ。お母さんたちがはやくその場になじめば、接し方もうまくなるに違いないでしょうし……」

医師は母親の不安をどうすればいいか、考えている様子だ。

「……先生。明の今の診断状態をはっきり言ってください。言葉は遅いですけれど、元気だし。何とか私やっていけると思うんですが、どうでしょう」

「はい……」

と言って医師は黙った。いよいよ医師は母親に重大なことを告げるのだと私は思った。

「明君はね、ただ言葉が遅いだけが問題なんじゃないよ。自閉症スペクトラムの中にくれる子どもなんだよ」

「自閉症？……」

母親はきつねにつままれたような顔をした。無防備だったのだろう。医師の診断を受けるには覚悟が足りなかった。母親はみるみる青ざめた顔になり、肩で息をし始めた。周りが見えなくなっている様子だ。そして呆然自失の表情のまま、ぽろりと涙を流した。

私は筆記の手を止めじっとしていた。そのつもりだったが、自分自身の感情に流され、手先が震えてくるのが分かった。

目の前の母親の姿と二十年前の私の姿が重なってみえる。

二十年前、私は夫と一緒に息子の昭二を連れて、子ども専門の病院へ行った。そしてそこで自閉症の診断を受けた。初めて行った病院で、短時間の間にそう診断され、私は相当取り乱した。

今ここにいる母親はひとりで重大な診断を告げられている。精神的には昔の私の方がまだましだっただろう。母親は涙を流し続け、明君をじっと見ていた。

「先生。明は自閉症なんですか？」

「……うん。そうだよ」

「そんな……。信じられません。明が自閉症だなんて……」

「自閉症のことを知っているの？」

「ええ。つい最近テレビの連続ドラマで……」

「そうだったの。僕は見ていないんだけれど」

私は時々そのドラマを見ていた。結構重度の自閉症児の話だった。あれを見ていて知識を得ていたとすれば、今の診断は相当ショックなはずだ。

母親は首を何度も横に振りながら、鞄の中からやっとハンカチをみつけて涙をぬぐった。

医師は、はっきりした診断は三歳になってからするものだが、転居すると聞き、今の状態からみて診断をしたこと、自閉症といっても成長には幅があり、大人になってから普通とほとんど変わらず生活できる人もいるということ、親や保育をする者は、この子への応援の仕方を工夫すること、をゆっくりと伝えた。

私はもう何も筆記できずにいる。母親が呆然自失の状態のままでいるからだ。母親は医師の話を必死で聞こうとはしているが、すぐにぼんやりとしてしまう。明君でさえ母親の異変に気付き、立ち上がって母親の顔をじっと見ている。

「ほら。明君まで心配し始めたよ。お母さん、落ち着いてくださいね」

せっかくの医師の声も母親には届かないようだ。明君のあーという声が大きく部屋の中に響いている。

私まで泣きたい気分になる。必死に気を紛らわそうとして、医師の後ろにある小窓から広がる青空を見ていた。

空の青さには透明感があった。そして日の光を受けた木々は若者のように生気にあふれ、緑色の葉を輝かせ風に揺れている。白くふわりとした雲。突然飛び立つ鳥の群れ。ほんの数メートルしか離れていない外の一角では、この部屋で始まった苦悩のときとは、まるで別の次元かと思われるようなときが繰り広げられている。

「酒井さんはどう思われますか？」

私は急に母親から声をかけられ驚いた。やっとの思いで声をかけたのだろう。私は答えても良いかどうか、医師に目で尋ねた。医師はゆっくり頷いた。

「ほんとにねえ。大変な診断がされてしまってね。引っ越しされると聞いて、スタッフも真剣に考えているのだと思います。向こうに行って明君の支援体制がうまく組めないと、結局は明君とお母さんが一番困ると思うのよ、私もね。……だからしっかりしてほしいのよ」

私は一気に話した。もちろん心をこめたつもりだ。けれど母親は俯いて首を横に振るばかりだ。相談員からはそうは見えないといった答えを期待していたのだろうか。

相談時間を大幅に延長し、母親が少し落ち着いてきたのを確認して今日の相談は終わることになった。このケースの関わり方を少し反省するような様子を見せて、

「後はよろしく」

と医師は部屋を出ていった。

母親は医師が完全に部屋を出、ドアを閉めるまで、ずっと医師の姿を目で追っていた。姿が見えなくなると、耐えていた感情が一気にあふれたのか嗚咽し始めた。そして急に酒井さん、と言って私にしがみついてきた。いきなりだったので、私は壁に肩をドンとぶつけてしまった。泣き

続ける母親を見て、きょとんとする明君に私は何も配慮できずにいた。

「ほんとに辛いよね。辛い。うんうん。お母さんもよく我慢した。偉かった」

私は何を言っているのか、混乱していて自分でもよく分からなかった。母親の背中を撫で、うんうん、と言い続けるしかなかった。

しばらくしてドアがノックされ、スタッフの一人が顔だけをのぞかせた。そして私と母親を交互に見ながら遠慮がちに、部屋を出るように促した。

「お兄ちゃんが待っているわよ」

そう聞かされて、私はプレイルームで明君の兄が待っていることを思い出した。

まだ混乱している母親に寄り添って、施設の玄関を出て大通りの歩道までやって来た。母親は自転車の簡易椅子に明君を乗せ、自転車を押して歩いている。私は兄の友也君と一緒にその後ろを歩いていた。

いつもなら施設の玄関を出ると誰に限らず別れるのだが、今日はそうはいかない。母親も、もう少し一緒にいてほしいと、小声だが、はっきりと気持ちを伝えていた。母親はその後は何も語らない。

友也君は白い帽子をかぶっていたが、暑くなったのか帽子を取りギュッと左手でつかんだ。額に汗がにじんでいる。それを右手で拭いながら、必死で母親の自転車を追っていた。

「おばちゃんと手繋ごう」

私がそういうと、うん、と元気よく友也君から返事が返った。手を繋ぐと私が友也君を引っ張る形になり、母親の自転車に近づけた。

友也君は母親がいつもとは違う様子であることを感じとっているようで、何度も母親の顔を見上げていた。あまりにも反応がないので思い切って私から声をかける。

「お母さん。家に帰ったら何をするんだったかしら」

「はい。ああ、おやつの用意をして、洗濯物を取り入れて」

やっとそう言って私を見た。

「そうよ。ちゃんといつものように子どもの世話をして。夜にはお父さんと話をしてね」

「はい……」

と母親はまた無表情になり、ただ自転車をぼんやりと押していた。

「お母さん。明君も友也君もお母さんを頼りにしているんだから。ねっ。しっかりするのよ」

「酒井さん。これから明はどうなっていくんでしょう」

ただぼんやりしながら母親はそう言う。これからの母親の苦難は私が嫌という程知っている。

こちらまで言葉をなくしてしまう。

「あっ、葉っぱ！　しっぽの葉っぱ」

突然友也君が私の手を引っ張り街路樹の根元へ行こうとした。私は引っ張られながら、友也君が何を言おうとしていたのかを考えていた。すると、友也君は、大きな木の前でうずくまり、ある草を見た。目が輝いている。それは、ねこじゃらしだった。えのころぐさという方が正式かも知れない。友也君には草の先の穂の部分が小動物のしっぽのように見えるのだ。

「友也君は五歳よね。そうかあ。この草はしっぽに見えるわね。しっぽが揺れているみたいね」

「しっぽ、はねた。しっぽ、動いた、ゆっくり」

段々大きな声を出して、嬉しそうに友也君はそう表現していた。母親はチラッと見ただけで、自転車を止めずに帰りを急ぐ様子だ。

友也君は、私の方を見て、

「しっぽの葉っぱ取りたいんだけど」

と言うので私はゆっくりと頷いた。友也君は大急ぎでねこじゃらしを二本抜き取り、前を行く母親のところへ走って行った。

「僕と明の分」

そう言って、母親にねこじゃらしを見せた。

母親は少し頷いただけだった。がっかりした様子の友也君は握っていた白い帽子をかぶり、ねこじゃらしだけになった手を振り上げて、それを眺めながら歩いていた。風が吹いて、それが丸く揺れる。私はまたそっと手を繋いで歩いた。

しばらくすると、また友也君は手を放し、街路樹の根元からねこじゃらしを一本取った。そして戻って来た。

「はい、お母さんの分」

そう言って四十センチ程もあるねこじゃらしを母親の目の前に掲げた。

「ありがとう」

母親は草を手に取り少し微笑んだ。そしてふいに母親は友也君を見て、

「これは、ねこじゃらしというのよ」

「ねこじゃらし?」

「そう。ねこじゃらし。本当はえのころぐさ。そういうのは、友也には難しいかも知れない。でも、しっぽの葉っぱっていうのは、お兄ちゃんらしくないね」

「うん」

「だから、ねこじゃらしって、これからは言ってほしいな」

「うん。分かった」

友也君は母親の言葉に深く頷いた。ああ、母親は少し平常心を取り戻せたのだろう。私はそう思った。

明君が眠くなったようで自転車の前椅子でぐずり始めた。家はすぐそこなので、先に帰るように促した。母親が自転車で勢いよく去っていくのを見て、これからの生活の無事を祈らざるを得なかった。友也君もどこか心配そうに母親を見送っていた。

不安だろうけれど、私がいることで我慢できているのだろう。

「さあ、行こう」

「うん。あっ、待って。これ」

と友也君はまたしゃがみこんだ。

「お父さんの分もいるから」

小さな手で大きなねこじゃらしを引っ張っている。私も手を添えて左右にねじるようにしてみたらやっと地面から抜けた。

「やったあ。これでそろった、家族の分。ええっと、ええっと。ねこじゃらし」

「そうよ。友也君覚えたの。賢いね」

私が微笑んで言うと、

「だって、さっきお母さんが教えてくれたもの。僕のために教えてくれたんだよ。あんなに泣いていたのにさ」

私は何も言えなくなった。

あまり遅くなってはいけないと思い、私たちは急ぎ足になった。友也君の手の中のねこじゃらしは、びゅんびゅんとしなやかな弧を描いていた。

「ねこじゃらし、いいね。友也君。みんなで明君を大事にしてね。大事にしていたら明君はきっと、どんどん元気になるからね」

私がそう言うと、友也君は、力強く、うん、と頷き、自宅の方を見ていた。

私は友也君が家に入ってもしばらくは外で様子を窺っていようと考えていた。

「おばさん。ねこじゃらし、はねたよ！」

私もねこじゃらしに目をやった。確かにねこじゃらしは嬉しそうにはねているように見えた。

仕事を終えてからスーパーで買い物をした。思いのほか時間がかかってしまい、帰宅は七時近くになってしまった。

「ただいまあ。昭二」

とドアを開けながら声をかけると、目をつりあげた昭二がキッチンにいた。

「お母さん、何してたの？　僕の晩御飯、七時半に食べられる？」

「ああ大丈夫、大丈夫。昭二の好きな厚揚げとなすびとししとうの煮物を作るからね。すぐできるよ」

「厚揚げ……煮物……」

昭二は口の端をまげて不満げに言った。昭二が喜ぶのを期待していたが、どうもそうはいかないようだ。昭二は七時半、と晩御飯の時間を決めている。もしそれに遅れると一気に感情が高ぶる。けれどももし七時半に彼自身が外出をしていて、八時近くに帰ったとしたら、晩御飯は八時半となる。時計の長針が下にくるときに行動をおこすのが、ここ数年の昭二のこだわりだ。

「七時半には間に合うからね」

「間に合う。……じゃあ何時にできる？」

「七時二十五分にはできる」

私はそう言いながら、フライパンで厚揚げに火を通し始めていた。安心すると思ったが昭二の反応は違っていた。

「嫌だ！　今日は厚揚げ食べない。いらない。どいて。僕、ヤキソバ作るから」

そう言って昭二は自分で沸かしていたやかんを勢いよく持ち、テーブルの端まで運んだ。そしてまた、

「どいてどいて」

と言って、買いだめしてあったインスタントのヤキソバをひとつ取り出し、自分で調理し始めた。

「お母さん遅いよ。僕、嫌だ。厚揚げもう食べない」

こうなったらもう静かに見守るしかない。私はフライパンの火を止めて、そっとキッチンを出た。

昭二は不安を抱きやすい。いつ私が帰るのか、きっと気になってしようがなかったのだろう。普段遅くなるときは、家の留守番電話に、そう入れておく。すると昭二は自分で簡単なものを用意して晩御飯をすます。

今日のように何も連絡をしないと、自分の予定が立たずに混乱するのだ。ふたりで暮らすようになって日も経つというのに、私は仕事と家事の両立が、うまくいっているとは言い難いのだ。

不器用な質なんだろうと思う。

隣の和室で普段着に着替え、キッチンの様子を窺っていると、昭二がヤキソバを食べる音が聞こえてきた。

「お母さん。厚揚げ、明日の朝食べるからね。食べるから、作っておいてね」

「分かったわ」

私はほっとした。それなりに良い解決策を考えるものだ。少し感心してしまう。フフッと笑う。自分の笑い声に年を感じる。それでもそんなに悲しくはない。もう十分生きた気がする。

鞄の中の携帯電話がなる。慌てているわりにはなかなか取り出せない。かけてきたのは昭二の姉のかおりだ。かおりは一年前に結婚していた。昭二の五歳上だ。平日のこんな時間に電話なんて珍しい、と思いながら電話に出た。

「かおり。でるのが遅れてごめん」

「いいわよ。色々大変なんでしょ。昭二の晩御飯の時間にかかるといけないので、ずらしてかけたんだけど、今いい？」

「大丈夫よ。どう。健さんとはうまくいってる？」

「うん、まあね。ただ育った環境の違う者が一緒に暮らすって、一大事業なんだよね。くたびれちゃうよ」

「たぶん、かおりの意見が大体通っているんでしょ」

「そりゃそうよ。結婚急いだの、健だもの」

「子どもはどう?」

「まだいらない。まさかお母さんは、はやくおばあちゃんって言われたいの?」

「それは……」

「ところでね。今日電話したのはね、お父さんが私に電話をしてきてね」

別れた夫は春雄という名で、私と離婚してからかれこれ五年になる。そのときの約束では子どもに会うことは認めたが、それでも、春雄がかおりと連絡し合っていると聞くと気分が悪くなる。

「なんの用があったの、かおりに」

「私に用があるんじゃなくって、お母さんに会いたいって」

感情が高ぶってきそうになる。

春雄は成人したばかりのかおりと、中学卒業後やっと専門学校に入学できた昭二を置いて家を出た。離婚用紙の薄緑色の用紙にふたりで署名し、後日、私が提出した。私は自分自身でけじめをつけたかったのだ。あの用紙のぼやけた暗い色合いは一生忘れることはできない。五年前のことなのにありありと当時のことを思い出す。傷は癒えてはいないのだ。

春雄は別れた後は海に近い場所に住み、魚釣りばかりしているようだ。けれど子どもを集めて塾をしている、とも聞いていた。高校の社会科の教師をしていたので、数学とかは教えるのが難しいのではないか、と思ったこともあった。

昭二の養育費等は振り込みで欠かさず送ってくるが、かおりのいなくなった家で、私と昭二のふたりで生活していると、時間的にも精神的にもどんどん余裕がなくなっていく。何もかも、春雄との生活が破綻してから起こった嫌なことは、恨みの色が加わった分、自分でも怖いくらい感情が高ぶってしまう。

「私に何の用があるっていうの」

「そんなに怖い声出さないで、お母さん。お父さんだって色々あるのよ、きっと」

かおりには父親としての良い思い出が残っているのかも知れない。一緒に暮らしていた頃は、私も春雄も別れる直前はお互いに他人以上に他人だった。同じ言葉でコミュニケーションができなくなっていた。

「どういう理由で私に会いたいっていうの。なんか、かおりに言っていなかった？」

「うーん、大した病気じゃあないみたいだけど、こっちの病院に通っているんだって。だから出てきたときにちょっと話したいんだって」

「何の病気かしらね」

「知らない」

「よく分からないわ、そんな話じゃ。塾は続けているのかしら」

「うん、そうらしいよ。この頃天気が悪くて魚釣りができないときには、絵を描いてるんだって」

「絵を？」

「うん。絵の批評でもしてほしいんじゃあない？」

かおりは次々と暢気なことを言う。

「絵の批評をしてほしがるような人じゃない。何なのかしら。変な病気かも知れない」

「うーん。だから会った方がいいって、お母さん。普段何も言ってこない人が会いたいって言うんだから」

「嫌な思いするだけだもの、会ったって。昭二が専門学校卒業したときも、変な恰好で来たし。場違いな感じで、お世話になった先生方にもつっけんどんで……」

「そのことは何度も聞いた。けど会わないと、後でもっと嫌な思いするかも知れないじゃない」

「親を脅かすようなこと言って、かおりは」

そう言いながら、もうこれ以上はかおりに負担をかけたくない。私は会うしかないと考えていた。

春雄に会うのは三年ぶりだ。離婚したら、もう会うことはない、と思っていたが、現実には父親としての役目を担ってもらわないといけないこともあった。

憂鬱な気持ちで約束の喫茶店の前に来ている。ガラスごしに店内を見ると、あの人らしく一番奥の暗い一角に腰かけているのが見えた。照明の加減もあるだろうが、顔は海やけしていて、高校教師の面影はない。

私が彼の前に立つと、おおっと春雄は言った。腰かけると、

「元気にしていたか」

と少し笑顔をつくって言った。

「ええまあ、何とかかね」

そう答えるともう何も話したくなく、はやくこの場を去りたくなった。かおりからの伝言として結婚のときの祝い金の礼を言った。

「魚釣りは趣味だけど、結構な量が釣れるので、ひものにしている。野菜の栽培も始めたよ」

野菜のことは聞いていなかったので少し驚いた。こんなにまめな人ではなかったが。

「昭二はどうだ。就職はできたか?」

と暢気なことを言う。就職は昭二にとって最大の問題だ。今まで春雄から何の助言もなかった。

私は、昭二が作業所に行ったこと、そこから紹介された清掃の会社でいじめにあったこと、一時期引きこもったことを話した。

「清掃の会社では社長が一番ひどかった。言葉の暴力があったのよ、頻繁に。問題にすればよかった、と今になったらそう思うわ。あのときは昭二の様子がおかしくなって医者通いもしていたし。だから大変で会社のこと、どうこうしようって気力もなかった。昭二には悪いことをしたと思っているわ」

「そうか」

「結局また元の作業所にいるわ」

「難しいものなんだな」

受け身でしか話さないこの人は一体何者なのか。なぜ私は思い出したくもないことを、この人としゃべらなければならないのか……。

「今日は一体何のご用だったのかしら。絵を始めたとか。もしかしたら展覧会の案内？　それとも家を広くしたいとか。もしかしたら再婚？」

「……そんなわけはない。俺はもう年寄りだ」

それを聞いて、春雄が六十五歳になることを思った。私は五十八歳。後何年働くことができるだろうか。

「お前さんは年よりうんと若くみえるよ」

昔とは微妙に違う言い方に少しとまどう。

「かおりから聞いたんだけど、こっちの病院に通っているって本当なの？」

「ああ。心療内科だ。昔、お袋が通っていた所に、今度は自分が通っている。大したことはない」

「そうなの。色々出来事ってあるものなのね。悪化しないといいわね。鬱か何か？」

「自律神経系だ」

「あなたがねえ」

「……それで勝手なことかも知れないが、こっちに来たときは、昭二やかおりやお前さんと会うっていうのはできないだろうか」

「何を言っているの。そりゃ会うことは離婚の条件で認めたから、自由にしていいわ。ただ、かおりもやっと結婚して落ち着いているし。昭二は、難しい子どもだから」

「うーん。何か最近人恋しくってな」

「何なの。私は生きるのに必死な毎日なのよ」

そんなにきつく言ったとは思わないが、春雄はがっかりしたのか、すっかり冷めてしまっているコーヒーを口にした。

「……私はね、今の仕事でやっと人の役に立っていると思えてきているの。しゃかりきになってるんじゃないけど。昭二と同じような子どもを発見したり、お母さんの気持ちに寄り添ったり……。みんな一生懸命だから、結局こちらが励まされているんだけれど。やっと自分の居場所をみつけたの。しかもそこで聞く情報は昭二のためにもなっているの」

私はなぜだか、春雄に今の気持ちを語りだしていた。春雄はゆっくりと何度も頷いていた。

「思い出すとね。離婚の数年前から私はひどく人嫌いになっていたの」

「ああ、そういう感じだった」

春雄にも合点がいくことだったようだ。

「たいして大きな問題でもない近所のいざこざに巻き込まれたり」

「うん。犬のひどい鳴き声を自治会で問題にしたときか？」

「色々あったわ。当時心理学の勉強を昭二のこともあってやり始めていたから、何とか耐えていた」

「ああ」

「あなたには悪いけど。あなたと向き合っていると、私どんどん悪人になっていくように思えて……」

「そんなことも聞いた気がするよ」

「聞いた気がする？　何度も訴えたわ。それから引っ越したいって。私がもう少し自由に暮らせる所へって。このままだとどんどん悪人になるって言っていたでしょ」

「……俺の浮気を疑っていたし」

「もうやめましょ。結局堂々巡りでしょ。今ごろそんなこと、もういいじゃない」

私の携帯電話がなる。自宅からだ。

「昭二が不安がっているはず」

と言い、立ち上がって電話に出た。座ったままの春雄の背中が丸くなっていて、やけに寂しそうだった。

自宅近くのバス停まで帰って来た。さっきの電話で昭二は隣町の秋祭りに出かけたいと言っていた。今頃はきっとフランクフルトやたこ焼きをほおばり、ご機嫌だろう。

はやく帰る必要がなくなると気持ちに余裕ができた。ペットショップの前を通る。青いエプロンをつけた男の人が店から出てきた。店長だ。どうやら閉店準備に取り掛かろうと店から出てきたようだ。手にモップを持っている。妙に可愛い。まるで子どもがいたずら描きをして、後片付けを母親から命じられたような様子に見えた。

「あのう。金魚鉢のフィルターの換えを買いたいんだけれど、もうだめかしら」

と私は遠慮がちに言った。

「どうぞどうぞ」

と店長はモップを店の端に置き、私を店に招き入れた。中に入ると客はおらず、アルバイトの女の子がレジの所にいるだけだった。

この店長は三年前、母子家庭となった姉の生活援助について、姉と一緒に役所に訊きに来た。私は店長を姉思いの優しい男性として覚えていた。店長はそのとき確か四十歳だったはずだ。

そして二年前、この街にペットショップが開店した。夏祭りで手に入れた金魚を飼うと言ってきかない昭二を連れてこの店に来たときに、店長の彼に再会したのだ。

そのときのことを思い出しながら、フィルター三個入りひと箱を持ってレジに向かった。女の子に代わって店長がレジを打つ。

「これからは水槽の温度が下がっていくので、餌もあまりたくさんはいりませんよ。水が汚れるだけですからね」

「そうします。ずっとすごく餌を食べていたから昭二も面白くなったみたいで、この頃時々餌をやっているのよ」

「そうですか、昭二君が……」

「自分も食いしん坊だから、パクパク食べている金魚を見て、可愛いと思うのかしらね。何考えているのかは、訊いたことはないいんだけど」

「そりゃあ、きっといいペットになっているんですよ。嬉しいなあ」

店長はフィルターの箱を丁寧にビニールに入れ、

「昭二君によろしく」

と微笑んだ。明るい人ではないが、自然な対応が今の私を癒やしてくれる。


一週間が経った。引っ越しが延期になり、今の所に一ヵ月ばかりいるということで、明君と母親は療育施設の保育に参加している。私は他の人の相談を終えてから保育に加わった。

ベテランの保育士三人が集まった子どもたちと遊んでいる。明君の母親は私をみつけると、大丈夫です、というような笑顔を作った。かなり痩せたように見える。

家族も親戚も、天と地がひっくり返るような思いをしていると思うと、目頭が熱くなる。感傷的になってはいけない。落ち着かないと、と私は努めて明るく振舞いながら、明君と母親に近付いた。

明君はいつもより元気がないように見えた。

「明君。ぴょんぴょんしようか。おいで」

私は明君に声をかけ、母親に目で了解を得て、明君を両手で抱き、大きなトランポリンの上にのった。

「ぴょん、ぴょん、ぴょん。ぴょん、ぴょん、ぴょん」

声をかけながらふたりでジャンプする。明君が見ているのは窓の外。私をチラッとも見ないが少し微笑みが浮かぶ。昭二の小さい頃に似たふっくらとしたいピンク色の頬だ。

「お母さん。声かけてやって」

私が言うと、はい、と小さく返事が返り、私の側に来て、

「明。明。高い高いだねえ。いいね」

と言った。明君の表情は和らいできた。

昭二が三歳の頃、隣街との境界近くの療育施設に通った。運転免許をまだとっていなかった私は、来る日も来る日も片道三十分の道を行き来した。昭二は昔もこだわりが強く、ちょっと道を変えようものなら、体をよじったり、靴を脱ぎ捨てたりして怒りを表現した。

私が育児に手をやいていると、保育士さんたちは、

「昭二君はお母さんがすごく好きみたいよ」

「そうそう。お母さんの顔を見るとすっごくいい笑顔になるんだから」

と口々に言ってくれた。それを喜びにして施設に通った。

「明。明。いいねえ。ぴょんぴょんだね」

母親の声がする。昭二によく似た子どもが私の腕の中にいる。両腕が悲鳴をあげても私はずっと明君をジャンプさせたいと思った。


仕事を終え、自宅近くのスーパーまで帰って来た。そんなに買い物をしたい訳ではないのに、スーパーの袋がやけに重い。通勤用のバッグと袋のバランスを取りながら、明君のように幼かった昭二が大きくなっていった姿を次々に思い出しながら歩いた。

玄関のドアを開けると昭二がいた。じっとカレンダーを見ている。ああそうだ。後一週間と少しで昭二の誕生日だった。昭二はそのことを気にしているのだ。

「お誕生日のケーキ頼んでおこうね」

「頼んでおいて。……お姉ちゃんも来る?」

ああ、去年までは姉が家にいて一緒に祝ってくれた。ろうそくをつけたケーキを私が部屋へ運ぶとき、部屋の明かりを消し、昭二の側にいるのはかおりの役割だった。

「そうねえ。お姉ちゃんは別の家の人になったからねえ。仕事もあるし」

「別の家の人?」

昭二は不満気にそう言って、私をきっと見た。別に暮らしていてもお祝いに来てくれてもいいじゃないの、と本当は言いたいのだろう。

「おかあさんと大きなケーキいっぱい食べよ」

「……いっぱい食べるから」

口ではそう言っても昭二は寂し気だった。電話がなる。昭二が出た。話している様子から電話の相手はかおりだとわかる。昭二は誕生日のことをかおりに話していたが、やっぱりかおりは来られないと言っているようだった。その代わりにプレゼントを贈るという約束をしていた。けれど昭二が本当にしてほしいことは、家にいて自分と一緒に、ハッピーバースデイを歌ってくれることなのだ。

今夜はふたりともはやく床についた。疲れているはずなのになかなか眠くならない。

昭二のためにこれからどうやって生きていけばいいのか。かおりもいなくなった今、もう少し昭二の寂しさをうめるものがほしい。

うつらうつらと浅い眠りの中にいたが、昭二の寝言で目が覚めた。私はゆっくりと寝返りをうつ。

誰かと一緒に祭りに行き夜空いっぱいの花火を見てみたい。紅葉の季節にはゆったりと話をしながら並木道を歩いてみたい。相手はペットショップの店長のような人がいい。

私がもう少し充実した生活を送れば、昭二にもいい影響があるに違いない。そう思っていた。

次の週の療育の日。明君は両親と友也君と来ていた。友也君は私をみつけると、

「あっ、ねこじゃらし先生だ」

とにっこりと微笑んだ。父親は私のことを母親から聞いていたようで、深々とおじぎをした。

新聞紙が配られ、「みんなでビリビリに破きましょう」と保育士のひとりが言い、初めは長細く破り、次に親指大に細かく切っていくように手本をみせた。

子どもたちの歓声とともに新聞紙が粉々に細かくされていく。

友也君ら、兄弟の立場で参加している子どもたちも、いつもなら遠慮がちにしていることが多いのだが、今日は笑い声をあげて楽しそうだ。

父親はあぐらをかいて明君の前に座り、新聞紙をみるみるうちに細長く切り、まるで数本のリボンの束にした。そして、明君に一切れを持たせ、手を添えて細かく四角い紙きれにさせようとした。けれど明君は指示に従えず、抵抗していた。友也君が見かねたようで、一生懸命細かな紙きれを作っていた。

「紙吹雪！」

と保育士が言い、手にいっぱいの紙切れを高くまき散らした。

「キャー」

子どもたちも一斉に歓声をあげ、自分たちも思い切り紙切れを辺りにばらまき始めた。

中には母親にばらまく子もいた。そして友也君が明君の頭に紙切れをばらまいた。両親は笑い

出した。明君が動くたびに、紙切れがひらりひらりと床に落ちる。それに気づいて明君は何とも可愛い顔をして上を見る。

「明。明。どこ見てるんだよ」

父親はまだ明君の頭にくっついたまま残っている紙切れを一片ゆっくりと取って明君に見せた。明君は自分の頭に何かが乗っていると分かり、歓声をあげながら自分の頭を触りだした。紙がなくなると、友也君が紙を頭に乗せる。明君は元気のいい声をあげながら、小さな手を一生懸命に頭の上で左右に動かし、紙を振り落とし続けた。柔らかな髪の毛がもじゃもじゃになり目が隠れた。それをふーっと思いっきり頬を膨らませて、息を吹いて目が見えるようにした。母親が覗き込むように明君に顔を近づけると、びっくりして笑った。こんなに反応のいい明君を見るのは初めてだ。発達が大いに期待できるような予感がし、私も嬉しくなった。

仕事帰り。満員の電車だが、今日は珍しく腰かけられた。眠くはないが目を閉じる。電車が線路の上をすべる音が心地いい。いつまで経っても今の仕事に慣れるということはない。他の相談員は段々仕事として割り切れるようになっていくのだろう。私はいつまで経ってもそうはならない気がする。自分の昔を思い出し、その姿を反芻しながらこの仕事を続けていくに違いない。

家に着く。昭二は先に帰っていた。習慣になっている丁寧な手洗いとうがいを済ませ、金魚の餌やりを楽しんでいた様子だ。

「おかえり」と言って、すぐにやかんに水を入れ、お茶を沸かそうとしてくれている。とても機嫌がいいようだ。昭二は気が向くと、洗濯機を回したり、掃除をしたりしてくれる。かおりがしていたことを真似しようとしている。私が年をとった分、昭二が役に立つようになっている。家族ってこういうものなんだ、としみじみ思う。

それから昭二は簡単なものだが、時々日記を書いている。それは父親の春雄の影響だった。春雄が日記を書いているのを小学五年生の頃から真似し始めた。行ったところや会った人、使った乗り物が主な内容だ。昔のものを拾い読みしただけでも、昭二が真面目にひたむきに生きてきた内容が読み取れ、感慨にふけってしまう。もし離婚していなければ、晩年に、ああそういうこともあったね、と夫婦の成果として語り合えたかも知れない。

昭二の誕生日の夕方。私は予約していたケーキを受け取りに洋菓子店に向かっていた。花は買わなかった。秋物のセーターぐらい前もって買っておけばよかった、と少し反省した。段々家族の年中行事がおざなりになってくるようだ。

携帯電話がなる。かおりの名前が電話の真ん中に表示されている。

「やっと繋がった。お母さん大変よ。昭二がお父さんの家に向かっているわよ」

「どういうこと？」

通行人が驚いて振り返った。かおりは、昭二がいつの間にか憶えていた住所を頼りに海辺の街まで行ったこと、そこからかおりに電話をかけ、春雄に会いたいと訴えたこと、春雄には運よく連絡がつき、今、駅まで昭二を迎えに行っていることを伝えた。

「どうして？　急に会いたいなんて……」

すぐに気が付いた。昭二は誕生日を春雄と祝いたかったのだ。かおりに言うと、

「私たちも行かなきゃ」

と返事が返った。私が躊躇していると、

「昭二の気持ちも考えなきゃ」

かおりは大人びた言い方をした。

結局、かおりの運転する車で春雄の住む街に向かうことになった。私は助手席にいる。膝の上には誕生日のケーキがある。

昭二が春雄の住所を知る機会はいくらでもあった。そこまで電車を乗り継いでいくとは思ってもいなかったが、乗り物好きな昭二が行くにはさほど難しくもなかった。車に乗った頃はまだ嫌な思いを引きずっていたが、今日ぐらいは我慢しようと思い直した。

昭二の小さかった頃のことが思い出される。絵カードを作って言葉を教えていたとき、目と鼻を何度言っても逆に言う昭二に困ってしまった。昭二が冗談で逆に言っていることを、かおりが発見した。それを昭二に言うと、笑って廊下の端まで駆けて行き、たまらず声をたてて笑っていた。自閉症児の中には冗談がうまい子がいる、という記述を本で読んだのは、そのしばらく後だった。

小学一年の夏休み。足し算の勉強を朝の一時間、一日も欠かさずにした。暑くて私の方が音を

あげてしまった。

「お母さん、風邪だとか言って、教えるのをさぼったでしょ」

「かおり、覚えていたの。だって本当に大変だったもの」

「まあ、お母さんは、人に教えるより、自分で何か読んだり勉強する方が性に合っていたものね」

かおりにはお見通しだった訳だ……。

「掃除機の音が大嫌いで。それも困っていたよね」

かおりがさらに言う。

「そうそう。お父さんに散歩に連れ出してもらって。急いで掃除機をかけたりもしていたね」

「お父さん、そんなときに昭二を迷子にしちゃって。お母さん怒っていたわね」

かおりは笑うが、私にはあまり愉快な思い出でもない。とにかく普通の生活がしたかった……。

「やっとここまできた」

私が呟くと、かおりは長年の親友のように深く頷いていた。

そうこうするうちに、車窓から潮の匂いのする風が舞い込んだ。少し湿った冷たい風だ。まるで誰かの手が触れているような気分になる。深呼吸をした。

ふと明君とその家族を思い出す。明君の兄がねこじゃらしを摘み、家族に思いを巡らせた日のことを思い出す。あの家族はもうすぐ九州へ行く。前途は多難かも知れない。

けれど、

「ねこじゃらし、はねたよ！」と力強く言った友也君の姿がまっすぐに甦ってきた。あの家族はきっとうまく生き抜いていく。大丈夫。そして私も柔らかな風の応援を受けてこれから先を切り開いていけそうな気持ちになった。

春雄の住む家は古い平屋の一角にあった。舗装されていない道の端に車を置いた。歩くと小石を踏む靴音が響く。夜なので、どのぐらいで海にでるのかは分からなかったが、ザーッという波の音が規則正しく聞こえてくる。

インターホンを鳴らすと、春雄がすぐにドアを開けた。昭二は大丈夫だ、と小声で真面目そうに言う。離婚する前の夫婦二人が一番よく口にした言葉が、昭二は大丈夫、だった。昭二の無事が家族の一番の関心事だった。

昭二は、オレンジ色の折りたたみテーブルの前で小さくなっていた。私の顔を見るなり、

「ごめんなさい、勝手に来て」

と謝った。

「いいのよ。誕生日なんだものね」

そういう私に心底安心した顔をした。

「ケーキは？」

不安げに聞く昭二に、かおりが後ろに隠していた大きなケーキの箱を見せた。昭二は、歓声を

あげた。

紅茶と皿はすぐに用意できたが、スプーン、フォークは数が足りず、私とかおりが箸で食べることになった。キッチンには春雄が言っていた通り、手作りらしいトマトや野菜の数々が段ボールに入れられて置いてある。だが鍋類は少ない。あまりこったものは作っていないのだろう。

奥の部屋には、この家には不釣り合いなほど大きな本箱があり、春雄の教師時代の専門書がたくさん並んでいるのが見える。

四人で歌を歌い、昭二にケーキの上の大きなローソク二本、小さなローソク二本の火を吹き消させた。

「自分ひとりの力で、会いたい人に会いに行けるようになるなんて、昭二の小さい頃には想像もしなかったわ、私」

「うん。全くなあ」

「人間の力ってすごいのね。すごく嬉しい」

「うんうん。……二十二歳っていうと、確かお前さんが僕と知り合った歳だなあ」

そういえばそうだ、と私も思い出していた。

「あっという間だなあ。我々の子どもが二十二だなんて。しかしよかった。おめでとう、昭二」

春雄は明るい声で言う。思わぬ展開を一番喜んでいるのは春雄のようだと思う。

私たちは昭二の障害のせいで別れたのではない。それぞれが自分自身のわがままを扱いきれず、自滅していったのだ。見方を変えると、昭二がいたおかげで、二十年ほどの年月を夫婦として生きることができたのだとも言える。別れた当時は分からなかったことが、徐々に見えてくる気がした。

かおりの車に私と昭二が乗り込む。春雄は目をしばたかせ、どこか照れたような表情で車の側に立って見送ろうとしている。昭二が家の方をうかがう。もしかしたら昭二はしばしばここに来るかも知れないと思った。私がそう思うと同時に春雄もそう感じたのか、

「鍵の場所を昭二に教えておいた方がいいなあ」

そう呟いた。

「そうね。携帯電話の着信にも気をつけていてね」

私が言うと、

「やっぱりどこかで繋がっているんだなあ」

と噛みしめるように言った。

昭二が空を見ているので私もそうしてみた。満天の星だ。都会で見る星空とは全く違っていた。昭二の感性で見た星空は、私が見ているものとは微妙に違っている気がした。昭二の感性で見ると、世の中はどういうものなのだろうか。案外面白く見えているかも知れない。母親としてはそんなに心配ばかりして生きることもないような気がしてくる。

車は走りだす。春雄は大きく手を振り私たちを見送っていた。私は昭二の、「お父さー

ん」と呼ぶ声が、私を元気づけていくのを不思議な思いで感じていた。

ただいま老活中

定年退職のその日まで後一週間となった。私は中学校の国語の教師を仕事として、三十年近く働いた。生徒のために十分なことをしたという気持ちで去りたかったが、そういう心境にはならない。非常勤で残るという道もあったけれど、一人暮らしをしている私の母にそろそろ親孝行をしなければ、と退職の決心をしたのだ。夫の信之は五年前に定年で会社勤めを辞め家にいる。その暮らしぶりも段々気になってきたので、丁度良い退職のタイミングだとも思っている。

三月下旬の放課後、職員室で退職準備のために机周りの片付けを始めた。

大きめの紙袋に書類を詰め込む。これは明日の夕方にはシュレッダーにかけるつもりだ。用意した段ボール箱をひとつ広げ、自宅に持って帰る文具類を詰め始めた。四、五冊気に入っていた古い国語の教科書があるので、それも箱に入れる。

六時近くになり、そろそろ切り上げなければいけない、と考えていると、すぐ前の廊下で話し声が聞こえてきた。そして、二人の若い教師が談笑しながら職員室に入ってきた。

私の姿を見て、「立花先生大変ですね、お手伝いしますので何でも言ってくださいね」と丁寧に話しかけてくれた。親切な申し出に、私はとても嬉しく思ったが、「ありがとう。でも今日はもう終わりにします」と言って、手を止めた。

この後電車とバスに揺られ、一時間かけて家に戻った。家には夫の他に長男の達也がいる。達也は三十五歳で自閉症だ。自閉症というのは、発達障害の代表的なもので、軽度から重度まで幅広い。三歳ぐらいで診断がつく。軽度なら一人暮らしも可能と言われているが、私の知り合いにはそれができている人はいない。達也は今、パンやクッキーを作る作業所へ通い、達也なりに落ち着いた生活をしている。七歳下に次男の豊がいるが、一人暮らしがしたいと家を出て職場近くのマンションで暮らしている。夜はゲーム仲間と盛り上がったりしていて、ちっとも寂しくはないそうだ。

大きな家でもないのに勝手口がある。そこからの出入りが習慣となっていて、私は玄関前を通って右から裏へまわる。達也の大きな独り言が家の中から外へ響いている。明るい声の感じからみて、まあ機嫌は悪くはないようだ。ほっとしながら鞄から鍵を出す。

ドアを開けると、夫が食パンを一枚手に持って立っている。鍵を開けてくれればいいのに、とつい、言いたくなる。

「ただいま。どうしたの、パンなんて。ビーフシチュー食べなかったの、作ってあったでしょ」

「いや、これからパンにシチューをつけて食べようと思ってな」

「へえ、しゃれたことするのね」

「しゃれてる訳じゃないよ。ごはんがきれたんだ。達也のお腹の中だよ。達也の食欲にはまいったよ」

夫は苦笑いした。パックのごはんをみつけられなかったのだ。

食事は三人それぞれの時間に済ますようになってからずいぶん経つ。達也はなるべくひとりで食べたがる傾向が中学生ぐらいの時からあった。しかも六時に晩ごはんと決めているので、私達と時間があわないのだ。夫も会社を退職してから、どうも体調をくずしたようで、生活リズムが定まらず、今の食事が夕食かどうかは分からない。もしかしたら昼飯の可能性がある。気にしても仕方がないので自由にしてもらっている。


四月の初めに中学校へ別れの挨拶を済ませると、やっと開放された気持ちになった。目覚ましをかけていなくても、働いていた時と同じ時間に目が覚める。十分間のラジオ体操をして、朝食を簡単に済ませる。ここまでは前と同じだ。

達也を送り出すまで静かにしている。達也は作業所の職員のアドバイスで、お茶は自動販売機ではあまり買わず、ペットボトルにお茶を入れて持っていくようにしている。やかんで茶を沸かし、氷を入れて冷ます。冷めるとペットボトル四、五本に分けて入れる。その間、誰かがキッチンを使おうとすると、少し嫌がり、手順が変わったりすると、一から茶を沸かしなおそうとしたりするのだ。

その様子はまるで何かの儀式をしているようなのだ。朝以外でもこういうこだわりはたくさんある。朝の仕度がスムーズにいくと、達也は一日概ね穏やかに過ごせるので、朝の仕度はとてもる。

大事だ。

達也の、「いってきます」の声がし、ドアの閉まる音がすると、ようやく私の自由な時間となる。


市から配られる広報を見てみる。急に家にこもってはろくなことがない、と教師をしていた友人たちから聞いている。自分自身も体力を衰えさせたくない気持ちが強くあるので、とにかく体操のグループを探してみる。近所の奥さんから、近くの市民センターで月曜の朝に体操教室があると聞いていた。広報にちゃんと載っていたのですぐに問い合わせをする。ちょうど空きがあるというのでそこに決めた。市営のプールも市民なら五百円で三時間も使えるというので、そこへも通うことにした。

料理も今までは手間をかけないことだけを考えて作っていたが、これからは、旬のものを使ったり、長い時間をかけて煮込むものとかにも挑戦して、家族を喜ばせたいと思う。


やっと起きてきた夫に、体操や料理のことを言うと、

「あまりはりきって色々やろうとすると失敗するぞ」

ぼそりと夫は言った。

「嫌なこと言わないで。せっかく新しい生活を有意義に過ごそうと考えているのに……。それより、もうすぐお昼じゃない。起きるのが遅すぎない？　体調が今いちだからって、そんなに好きに暮らしていて、いいわけないわ」

「分かってるって。寝起きに厳しいことを言うなよ」

夫はそう言って新聞を手にした。

私は、夫が新聞を読み始めたので、一旦静かにしておこうと黙った。夫は昔から新聞を読み出すと何を言っても聞いていないからだ。達也が話しかけた時だけは、ちゃんと相手をしてくれているので、それ以上、私も不満は言わないようにしている。

流しで鍋を磨き終えてから、隣の和室に行く。夫はコップに一杯の牛乳を飲みながら、ぼんやりとテレビのニュースをみている。読み終えた新聞は、広げっぱなしで部屋の隅にある。

「これからのことだけれどね」

「うーん。何だよ、あらたまって」

「あなた、今まで食事の用意自分でできていたでしょ、朝と昼の。それをね、これからもできるだけそのままの形で頑張って欲しいの」

「そのままの形って」

夫はやっと私の顔を見てそう言った。

「あなた、食事の時間が決まってないでしょ。さっきもちょっと言ったように、私、体操教室とかプールとか割りあい朝早く通うことにしたの。だからね。色々な料理を大皿に盛り付けて出掛けるから、食べたい時間に食べたい分を自分で小皿に取り分けて食べて欲しいの」

「うーん。まあいいよ。朝はたいていパンと牛乳と目玉焼きだから、今まで通り自分で作るよ。

昼は礼子と一緒に食べようかと思っていたけれど……。確かに起きる時間がバラバラだからな。一緒っていうのも難しいかも知れないからな」

「たくさん作っておくつもり。バイキング方式で食べてね」

「バイキング方式か」と夫は言い少し笑った。

「ホテルみたいなわけにはいかないわよ。でもできるだけ栄養のバランスを考えて作ろうとは思ってる。それに私の母にはたぶんこれから相当時間がとられるはずだから。せっかくひとりでできていた、あなたの食事のいい習慣はそのままにしてね。いいかしら」

「うん」

と夫は言い、礼子は一人っ子だからな、これからは忙しいだろうな、と仕方なさそうにつぶやいた。

私の父は五年前に死んだ。母に、うちの近くに引っ越してきてもらえないか、と何度も頼んだのだが、

「礼子は子どもたちの世話で忙しいだろうから」と言い、そのままになっている。もう八十をこえた。週に何回かはベテランのヘルパーさん数人に家事を任せて生活してきているのだ。

母には、達也の障害が分かった時も、豊が生まれた時も、教師になってからも、とても世話になった。非常勤から正式の教師になれた時は、とても喜んでくれた。教師として多忙になった。そして、達也の学校生活も少し安定した。その頃からつい疎遠になってしまっている。

退職前に母の様子をみに実家に立ち寄った時は、仕事を辞めたらたくさん話そうね、と言ってくれていた。けれど四月も下旬なのに一度しか実家に行っていない。自宅からは電車を乗り継いで二時間かかるので、習慣としては定着しないのだ。

数日後、私は衣料品のバーゲンをしている大型スーパーへ車を使って出掛けた。平日の朝に運転というのも久しぶりで、少しうきうきしていた。後ろから救急車のサイレンが響いて、どんどん大きな音になるので、スピードをゆるめ左端に寄り停車する。前後の車もそうしている。救急車が通り過ぎると、ゆっくりと元に戻って運転を再開する。

少し前の方でクラクションがなるので目を凝らしてみると、救急車のために左によっていたらしい白い車を、そのすぐ後ろの青い車が合流させないで運転している様子が見えた。事故にはならず、白い車はその後すぐに合流し、元の道路を走行するのが私の車からも見え安心した。

しばらく走行していると、さっきの青い車が私のすぐ前をいくのが見えてきた。一体どんな運転手かと見ると、私よりかなり年上の老人だった。ああ、とっさの判断能力が落ちていたので、さっきのようなことになったのか、と納得する。ああいう時の判断は集中力がいるのだろう。これからは私も平日車を使うので、いろんなドライバーとうまくやっていかないといけないなあ、と思う。それにしても高齢のドライバーにも困ったものだ。私はまだまだ大丈夫だ。

ところがスーパーで買い物をすませ駐車場の車へ戻ろうとして、私は車を何階のどこへ停めたかを思い出せなくなった。大きな買い物袋を抱え、あっちだったたか、こっちだったたか、と何分も動き回り、やっと車をみつけた。車に乗り込むとぐったりしてしまう。さっきの高齢のドライバーのことを思い出す。自分ではかっこよく救急車をかわして良い気分でいたのだが、ほんの一時間後には、私こそぶざまな格好でスーパーを歩き回っているではないか、と悲しくなった。さっきの老人と私の姿はそう変わらないような気がしてくる。

帰って夫に話すと、

「老化なんてあっという間だろうさ」

なぐさめるどころか当然のように言われた。

体操教室へはすぐに通い出した。私と同年齢の主婦たちが簡単な体操を音楽に合わせてしていて楽しそうだ。一時間経つとたっぷり汗をかく。体力を衰えさせない程度の適当な体操なので続けたい。

家での生活に慣れてきた五月末のある日、私は和室で、背中をまっすぐにしたくて横になった。背中を伸ばすと、全身に血がめぐり気分がよくなった。そのままうとうとと昼寝をした。左肩の痛みで飛び上がる。どうなったのかと肩をさする。どうやら寝違えたようだ。かたい畳の上で一時間も経っていると分かる。肩をマッサージしてから回してみようとし、それが痛みでスムーズにできないことに気がついた。その痛みを何とかしようと薬を飲んだり、貼り薬を使ったりしたが、あまり効果がなかった。

六月の末、左肩の痛みがひどくなる中、母から入院をしたという電話が朝一番に突然入った。

「入院って、一体どうしたの」

慌てる私に母の説明は要領を得なかった。ヘルパーの原田さんと電話で話してその内容がやっと分かる。

母はずっと体調がすぐれず困っていたらしい。そんな中、急に肩に激痛が走った上に熱まで出たという。我慢しているのが怖くて昨晩遅く救急車で入院したということだった。血液検査の結果は敗血症の疑いが強いらしい。右肩と首に相当ひどい菌が入っていて、手術になるかもしれないと、原田さんが言った。

とりあえず洗面用具とタオルを抱えて病院へと走った。私の左肩の痛みとは種類が違うのだ。年をとっているので重症化してしまうかもしれない。退職してから、実家へは数えるほどしか行っていなかったことがくやまれた。どうして昨日の夜中に連絡がなかったのか、と不審に思ったが、病院からの夜中の連絡は健康なものが考える程には簡単ではないのだろうと思い直した。

母は、大きな総合病院の内科病棟六人部屋の奥にいた。私が入っていくと、看護師さんが点滴の具合を確かめているところだった。母の姿は一回り小さくなっている。

「ああ礼子。来てくれたの」

母は、か細い声で言った。

「びっくりしたわ。母さん大丈夫？」

私は母に声をかけ、看護師さんに一礼した。看護師さんは、

「もう状態は落ち着きました。また主治医の先生から説明を聞いてください。お母さんは血管が細いみたいで、点滴の針で痛い思いをさせてしまって。……森下さん、また何かあったらコールしてくださいね」

てきぱきとそう言って去って行った。

忙しそうに廊下で看護師たちの話し声がしてくる。

「痛いんだよ。針が上手くさせない上に点滴薬がぽたっとも落ちていない時もあるんだよ」

「見てるの、母さん」

「当たり前だよ。自分の体のことなんだから」

いつもの母らしい会話に少しほっとする。

しばらくして医師が病室に入ってきた。まだ三十代に入ったばかりの印象の医師に、母は何度もお礼を言った。とても親切にしてもらったようだ。医師は自分が主治医となる、と挨拶した。

医師の説明で、血液が菌におかされていること、今その菌を分析していること、ＣＴの様子からは手術の必要がでてくる可能性があること、が分かった。

「先生。はやく何でもしてください。とにかく私は忙しい身なんです」と母。なおも色々自分の生活のことをしゃべろうとする母を、「母さん。今日はそれぐらいでね」と私はさえぎった。

医師は笑って、「では」と去って行った。母はその後ろ姿に何度も大きな声で礼を言っている。

同室の女性たちから少し笑いがおこる。私は、すみませんね、母さん静かにして、と言いながら、母が緊急事態ではないように感じ、少し落ち着いた。

私は、病院の一階の売店へ行き、母から頼まれた除菌ティッシュを買う。ヘルパーの原田さんが、ほぼ完全に入院の用意をしてくれていたので大助かりだった。

突然、病院前にケーキ屋があったのを思い出した。母と同じ病室の人達に挨拶がわりのものを買わなければと気がつく。持ってきたお金が足りなくなりそうで、切なくなる。こんな時は、一番にお金を用意するのが常だったが、うろたえたせいもあって、準備し忘れた。昔の私はこんなにぐずではなかった、と売店の掛け時計を見ながら切なくなる。秒針のすすみ方が規則正しくて、若い人達のきびきびした動作を連想してしまう。

あっという間に夕方になり、私は見舞いにきてくれた原田さんとも十分話もできず帰り道を急いだ。

電車に乗ってつり革にぶらさがると、一気に疲れが出てくる。通勤客も途中から増えだし、車内の人いきれにすっかりまいってしまう。つい最近まで自分もこのような雑踏の時間を逞しく過ごしていたというのに。そういえば左肩の痛みも全然良くなってはいない。右腕でかさばる荷物を持っているので、姿勢がゆがみ腰のあたりにも痛みが出てきている。一体この先私はどうなっていくのだろう、と不安で、家族についても、母についても、これから先の暮らしに必要なことについても、悪い方にしか思考が回らなくなってしまう。それを止めようにも止められない。

「ちょっとどいてください」

前に座っていた人に言われ、乗客が降車しているのだとやっと気付く。窓から確認した駅には見覚えがなかった。

「すみません」

私は、座席から立って出口に向かう女性の後ろ姿に言った。私の声は空しく響くだけだった。そして、私の前に空いた席は誰かにすでに取られてしまっていた。


一日おきの母の見舞いは徐々に私からエネルギーを奪っていくようだった。梅雨で傘を使うせいか、痛めた左肩にも負担がかかり痛みがとれない。夜中に痛みで目が覚めることもあった。けれど母が手術と聞いたその日は肩の痛みなど忘れていた。

「手術なんてへっちゃらよ。治してもらえるなら何だったとしてもらいたいわ。先生の決断を待っていたのよ。もし死ぬことがあったら、献体もしたいって言ってあるの」

と母は元気そのものだ。

「先生にそんなことを言ったの、母さん」

私はあきれてそう言い、でも死を覚悟する瞬間が母にもあったのだ、と辛くなった。

それから二日後の夕方、手術となった。ヘルパーの原田さんには母から連絡してあったようで、忙しい中を来てくださった。私と夫と原田さんに見送られ、母は麻酔の効きかけた体で、まだ何かしゃべりながらストレッチャーで手術室に入って行った。

私とは干支でいうと一回り上の原田さんは、

「先生の空いた時間に手術をいれてもらったようですよ。大変な手術だったらそんなことはしないだろうって、うちの人が言っていました。それに夕方からだし」

と、私を安心させようとして話す。私は、原田さんと夫に、母がまだ手術に耐えられる体力があると医師が言っていたと話した。

手術は予定の二時間の倍近くもかかっていて、待っている私達をやきもきさせている。麻酔がさめずにそのまま、なんてことはないだろうか、とか、菌が思った以上にまわっていたのでは、とか皆色々と考え、長引く理由を口にする。母が入るより後から手術室に入った人が先に出てきたりして、不安になる。夫に達也の世話を頼み、先に帰ってもらう。達也は元気だった祖母が入院ということで、かなり過敏になっているのだ。

母は八時を過ぎた頃に手術室から出てきた。血色も悪くなくほっとする。医師からすぐに、やはり敗血症だったが早く手術をしてよかったと聞いた。

「後は回復がどうすすむか、見ていきたいです。退院の目処は、そうですね、案外早いかもしれません。菌が肩に集中していてどろどろの状態でしたが、すっかりきれいになりました」

医師は満足気に言った。

母の様子が落ち着いているので、ほっとしながら、原田さんと私は病院の夜間の出入り口から出る。

原田さんが、

「どろどろだったなんて、聞くだけでも怖かったわ」

深刻な様子で言った。年をとると、どんなに衛生的にしていても、菌が体の中に繁殖することもあるというのだったら、私自身も気をつけないと、と疲れた様子で呟いた。七十をすぎたとはいえ、まだとても若々しい原田さんが、その瞬間ずいぶん年をとっているように見えた。私もぐったりしていて、周りからは老人に見えているかも知れないと思う。六十歳は中途半端な年齢だ。

一ヵ月ほどで母は退院することになった。同室の人達ともすっかり仲良くなっていて、携帯電話の番号の交換をした人もいると言っていた。

入院時は着のみ着のままだったと聞いていたので、退院の時に着る服を買って用意していた。けれど、

「そんなものは絶対に嫌だ。入院の時の上着を着る方がずっとましだよ」

と言い出した。シックな赤に色とりどりの花模様の明るいものを用意していったのに。母が着てきたものを棚から出してみると、わりあい質はいいものだった。

「礼子ね。人様に着せるものはもっと良い質のものを用意しないと嫌がられるよ。気持ちは分かるよ、明るい感じはいいけどね」

「病院帰りにこの近くで買うしかなかったのよ。デパートに代わりに買いに行ってくれる人もい

ないでしょ、私には。母さんが頼む、任せるっていうから……」

周りからくすくすと笑い声がおこるので、馬鹿馬鹿しくなって話すのを止めた。まあ、こんなに元気になって帰れるのだから、しばらくは、わがままをきいておこうと思い直した。母は、久しぶりにパジャマ以外のものを着るので、晴れ晴れとした様子だった。

夏のまっさかりに夫が髭を伸ばし始めた。働いていた四十代の頃にも一度髭をのばしたことがあった。海外への長期出張の時だった。ただあの時の髭は黒かったが今回は真っ白なのだ。少し伸びている時は気にならなかった。だがすぐに長く伸び、伊藤博文のようになった。六十六にはとても見えない。へたをすれば八十代に見えなくもない。いくら髭を剃って、と頼んでも聞き入れない。

「髭を伸ばす人は自己顕示欲が強いってことよ。つまり目立ちたがり屋。あなたそう思われても平気なの」

「へえ、そんなことが分かるのかい。……いいじゃない、目立ちたがり屋でもさ」

と言い切り、これでも形をどう整えたら似合うか、考えながら伸ばしているんだ、とほこらしげに言う。

「似合うっていうの、それ。一緒に歩くのが恥ずかしいわよ」

私は以前夫が髭を伸ばした時、スーパーでも駅でも、知人から、髭のだんなさんといたのを見

かけたわ、とよく言われ、嫌だったことを夫に話した。すると、

「前のように一緒に行動することもあまりないだろ。好きにさせてくれよ」

不機嫌そうに言い放たれた。まあ、それもそうね、と私はそれ以上つっこまなかった。けれど本当に嫌だ。

それからしばらくして、一緒に外出する必要ができる。左肩のせいで、荷物をたくさん持てない私のために、近所のクリーニング店へたまった洗濯物を夫が運んでくれた。

間口よりも奥行きがないように見えるほど狭い白い店で、若い女店員と女の子がいた。

「いらっしゃいませ」と店員は言い、女の子に、奥へ行っていて、と言いきかせている。女の子は「いや。リカもここにいる」と言い「いらっしゃいませ」と元気に私達に笑顔をむけた。

「まあ可愛い店員さん。よろしくね」

子ども好きな私はすぐに声をかけた。

女店員はクリーニングをする衣類の値踏みをしながら、母子家庭でパートだと話した。私も久しぶりにこの店にきたのでよろしく、と話し、リカと名乗った女の子に目をやった。

「早見リカ、四歳。もうすぐ五歳になるの。リカはかたかなで書くの」

ものおじせずリカちゃんは色々話す。今日は風邪で仕方なく保育園は休んだらしい。

「そうなの。でも元気そうだから明日からは行けるわね、きっと」

そう言う私の横で、夫は、

「おじいちゃんも風邪なんだよ。お水をたくさん飲むといいよ」

と私と同じように、女の子の目線まで体を曲げて話しだした。

会計をすませ店を出ようとした時、リカちゃんは、

「おじいちゃん、おばあちゃん、さようなら。また来てください」

と言って手を振った。おばあちゃん。それは私のことだ。

帰り道、夫にまで腹が立ってきた。

「嫌だわ。孫もいないのにおばあちゃんだなんて。あなたの髭のせいで老夫婦に見えたのよ、きっと。全く……。それに自分からおじいちゃんだなんて、あなた言っていたし。おじいちゃんに早くなりたいの？　無理でしょ。豊だってもうすぐ三十だっていうのに、結婚する気はないんだから」

夫は知らん顔をして、近所の家の植木を眺めながら歩いている。太り気味の夫なのに、少しずつ私の方が遅れてしまう。追いつこうとして手を高く振った途端、左肩にまた激痛が走った。

「あ、痛たたた」とその場にうずくまる。さすがに夫も戻ってきた。

「まだそんな状態なのか」と言い、「こっちは不眠がまた現れたよ」とつぶやく。私は、どうにか立ち上がったが、すぐには歩くことができなかった。

夫はあまり心配もしていないような感じで、

「可愛い子だったなあ。リカちゃんか」

と女の子を思い出してそう言った。なんだか情けない。私が大病にでもなったら、夫はどうしてくれるだろうか。

数日後、私は整形外科を受診した。特に大きな問題はなかった。とにかくよく肩を動かして肩胛骨あたりのすじを固まらせないように、と当たり前のことを言われる。変な病気ではなくてよかった。

九月になった。学校は二学期だし、中三になった教え子たちはそろそろ進学先を考えているだろうなあ、と思いながら、達也と一緒に母のいる実家へ向かっている。出発時間も、乗る電車も達也が決めたのだ。

「母さんはあまり早く歩けなくなっているのよ」と言うと、

「うん、分かっているよ」

達也はそう言い、私の足元をじっと見た。達也から見ても私は少し年をとったように見えるのだろうか。ああそれならそれでいい。元々達也は優しい子だから、私がもっと年をとったら面倒をみてくれるかも知れないなあ、と考える。

けれど実は出発の前にひともんちゃくあった。母に頼まれていたバスタオルを十分用意できなくて、とりあえず家で使わずに置いていたタオルを集めていた。その中に達也がずっと前、プールへ行った時に使ったタオルがまじっていた。どうして持っていくの、と突っかかってきた。たった一度使っただけなのに覚えているなんて、なんという記憶力なのか。感心するより怖さが上回った。何年のいつにこんなことがあったね、と達也に同意を求められても、思い出せないことが増えてきている。

そんなことを考えているうちに、母の住む街に着いた。天気予報では今日はかなり暑くなる、と言っていた。想像以上に暑い。地下鉄の駅の階段をあがり地上にでると、車の排気ガスやら、食べ物屋の焼肉らしいもののこげた臭いでむせそうになる。

達也が通るいつもの歩道側を、一緒に歩かないといけない。今の時間帯は全く日陰がなく余計に暑い。変更の嫌いな達也のために黙って達也と歩く。

大通りに面したビルの間に、場違いな様子で建っている古びた一軒家に母は住んでいる。

達也が「おばあちゃん、来たよ」とインターホンを押して母を呼び出している。私が追いついたところで、母が戸を開けてくれた。

「まあ、よく来たね。達也元気そうで……。あれっ、ちょっと太った？」

母は明るい声でそう言い、おばあちゃんのことを心配してくれてありがとう、と達也に話しかけていた。達也は、

「おばあちゃん、おばあちゃん」

と言って口笛をふく真似をしていた。こうだよ、と母も口笛をふく。あははは、と二人でずいぶん楽しそうだ。口笛は、母が達也に教えた。小学生の頃だ。

私のことは全然眼中になく、

「冷たいお茶なら冷蔵庫にあるわよ。ああ、ついでにお茶のボトルを冷蔵庫に入れてよ。廊下に置いてある箱から出してね」と言い、「ねえねえ、達也」と達也と話をしている。またたくさんお茶を買い込んだようだ。

楽しそうに話している二人を見ながら、私は台所で皿を洗っている。

「ダッケン、チャッカン？ 達也、なんだっけ、それ」

母の声が隣部屋からする。

「ああ、それは、介護の言葉で、服の脱ぎ着の時はね、健康な方から脱いで、着る時は痛めている患部から着るの」

私は母に布きんをしぼりながら言う。

「ああ、脱健着患ね。思い出した。達也はどこで知ったの？」と母。

「ぼく、母さんからずっと前に聞いたから」

「介護をしている友達から聞いたの、もう何十年も前よ。達也、おばあちゃんの上着どう着せるか、脱健着患でしてみせて」

「うん」

達也は、母の薄手の茶色のカーディガンを、にこにこしながら、おばあちゃん、どうぞ、と言って着せていた。

「ありがとう。これからは、脱健着患で服を着るからね」

母は微笑みながら達也に言った。

達也はいいことをした気分になっているようで、照れたような笑顔になった。

「礼子。信之さんは、完全に家にこもっているってわけではないんだね」

母が急に聞く。

「うん。二週間に一度は写真クラブの仲間の集まりに駅前に行っているわ。お金のかかる趣味だけれど、何もしないよりいいと思ってるの」

「痴呆にでもなったら、礼子が困るんだからね。気をつけるんだよ」

母は真剣に言う。母なりにいつも心配してくれているのだろう。

階段下の物入れの奥から昔のアイロンとアイロン台の入った段ボール箱を出して欲しいと母から言われ、ひっぱりだそうとするのだが、とても重い。

「母さん、何か違うもの入ってない。重くて……」

「それを出したら、ほらこの棚の上に乗せてしまっている折り畳み椅子の束も下へ置いて……。それから」と母は、私の言うことを全然聞いていない様子で次々に言う。

「ちょっと待ってよ、母さん、私肩痛めていて」

そう言うと同時にまた、ズキーンと肩に痛みが走る。

「痛い。いたたたた」と動けなくなる。

「礼子、まだ治ってないの」

「手当てはしている。けどね」

「若いのに。早く治さないと一生治らなくなるよ」

母は階段下にしゃがみ、自分でも段ボール箱をひっぱりながら言う。

「無理よ、母さん。やめて。ああ、達也。一緒に引っ張って」

「うん」

達也のおかげでアイロンセットの段ボール箱は出てきた。開けると、陶器や大工セットも入っていて、重いはずだと思った。

達也がひとりで帰るというので、実家から見送った。それから少し母と話す。

「まあ、私があの病院で死んだら、あっけない人生だったかも知れないね。まだやりたいことといっぱいあるからね」

「そうよ。また温泉も一緒に行きたいわね」

私も答える。

母とほとんど同時に、祖母のことを思い出す。祖母は脳梗塞で寝たきりになり、五人いる子どもに順に世話になっていた。もう二十年以上前に他界した。祖母は、最後の数年は、顔の判別もつかなくなっていて、男性には、少し反応し、笑顔を作ろうとしたが、女性にはほとんど無反応となった。

「たぶん男の人は医者か何かに見えて、自分を助けてくれると思ったんじゃないかね。私ら兄弟は、おばあさんの反応がなくなっても、やることはやろうって、約束して介護したけど」

母は、私が一人っ子ということで、今後自分に介護が必要となったら、苦しい思いをするのではないか、と案じているようなことを言った。

私は、祖母が私のことを思い出せず、他人を見るような目でぼんやりとしていたことを思い出し、母に話す。

「小さい頃、とっても可愛がってもらったから、余計ショックだった。だけど、今考えると、あんな風にすべてを忘れていなきゃ、辛くて生きられなかったかも知れないわね、おばあさんとしては。何しろ働き者でとおった人だったから」

私は自分に納得させるように言った。

「そうだね。全くね。上手な死に方ってものがあれば教えてもらいたいものだわ」

母は、退院してすっかり元気になっているはずだが、ずいぶんしんみりと私と祖母の話をしている。これまでは、死ぬ話は陰気だ、と言って、ふれずにいた人だったけれど。

またすぐ来るね、と約束をして、実家を出た。これから二時間かけて帰るのはとても辛い。家で楽しいことが待っているわけでもないから余計にそう感じる。

歩いていると、落ち着いた雰囲気の喫茶店が目に入ってくる。何か甘いものを食べたいなあ、と考えて立ち止まると、中からにぎやかに客が出てきた。私と夫ぐらいの年齢の夫婦らしき二人に前後して、子どもが三人出てくる。三人とも、幼稚園か保育園の制服を着ている。子どもたちは口々に、おじいちゃん、おばあちゃん、と言っている。

どうやら夫婦二人で、夕方から孫たちの世話をしているようだ。走る子どもがいたり、抱きつく子どもがいたりして、大変そうだ。けれど、孫のいない私からは、ほほえましい光景に見える。

喫茶店に入る気持ちがなくなり、まっすぐに帰ることにした。

達也は家の近くの駅で、丼のお店で晩ごはんを食べる、と言っていた。最近その店にはまり出した。夫と自分の分だけの料理の用意なら、そんなに時間を気にせず作ってもかまわないだろうと、自宅近くの駅についてから気持ちが緩む。少しの時間、書店で本を選んでから、車で迎えに来て欲しくて、家と夫の携帯電話の両方にかける。何の反応もない。夫は私がもっと遅くなると思っていて、羽を伸ばしているのかも知れない。

何となく、以前にリカちゃんを見かけたスーパーへ寄ろうという気持ちになり、バスでスーパーの前まで乗っていく。

スーパーはまだ閉店までは一時間以上もあるというのに、なぜか今夜は客がほとんどおらず、レジ係の視線をあびながら買うものを考える。重いものを持つのは禁物だ。けれど、そう思うと、重いものばかりに目がいく。へそ曲がりという質でもないと思うのだが。

一体私はこれから何をすればいいのだろう。何をして老いていけばいいのだろう。教育という現場で、原石のような子どもたちの感性を育てることに生きがいを感じていた。退職後は、母や家族のために、何か私らしい関わりができると思っていた。けれど、なかなか上手くいかない。

それに私自身も元気がでない。達也にも、今までよりもっと丁寧に関わりたいと思っていた。だが、あの子にはあの子なりの生活が出来上がっていて、そのバランスを変えるようなことは、簡単にはしてはいけないと分かったのだ。

何をすればいいか、何をして老いていけばいいか、また考える。分かりきっている。しなければならないことはいっぱいある。同じことをくどくど考えていて、本当にバカだと思う。相当疲れているのだろう。

日用品や缶詰等、買わなくてもいいものばかりを買って、バス停前のスーパーをでる。携帯電話に着信の知らせがあった。見ると、夫からだ。留守番電話に、何度もかけたけど、どうなっていますか、とメッセージが入っていた。五分前のことだ。スーパーの中で呼び出し音があった訳だが、聞こえなかった。誰でもあることだろうけれど、今の私はやけに弱気になっていて、こんなことが増えると困る、と深刻な気持ちになっていった。

その夜はすぐには眠れなかった。一日中色々と考え過ぎたからかとも思う。達也の方が健康的でぐっすりと眠っている。何かとてもうらやましい気分になってしまう。

うつうつとしていたある日の夕方、母の見舞いをした夜に立ち寄った、バス停前のスーパーで、リカちゃんとお母さんに会った。リカちゃんはおまけつきおかしのコーナーの前で座り込んでいた。お母さんは、時計を見ながら溜め息をついていた。私は買い物をすませていたので余裕がある。

「あらどうしたの？」

そう聞く私に、お母さんは、

「ここを通る度にリカは高いおかしをねだって……」

少しうんざりした感じでそう言った。それを聞いていたのか、リカちゃんはおかしを見つめ益々動く気配がなくなっている。お母さんのスーパーのかごはすでにかなり食料でいっぱいになっていた。

「レジが混んでくるわね。お母さん、よかったら、レジを通して会計をしてきたら。私ここでリカちゃんにつきあっていてもいいのよ」

「本当に。助かります。今日はパートの都合でまたこれからクリーニング店なんです」

「そうなの。じゃあどうぞ」

私は小声でそう言い、お母さんに空いているレジを指差してあげた。お母さんが去っても、リカちゃんは不安がる様子もなく、おかしの箱のおまけの写真を見ている。ひとりでここにこうしているのが慣れているのかも知れない。色々な人が出入りするスーパーなので、そんなことを想像すると、こちらの方が不安になってしまう。

「リカちゃん、それなあに？」と聞くと、「これはメダルだよ、おばあちゃん」と答え、テレビのよりもっと可愛いのよ、と自慢げに箱を見せてくれた。たくさん集めているの？と聞くと、メダルは少し、指輪はたくさん、だそうだ。

「リカちゃんはすごいねえ」

そう言う私に、

「あっ、リカね、自動販売機のジュースも買えるのよ。あそこの」

とスーパーの隅の自動販売機を背伸びしながら指さした。

「お母さんに言ってからおばあちゃんと一緒に行こうか」

そう聞くと、コクリと頷いた。

お母さんに声をかけてから自動販売機のジュースを買い、その前の椅子に腰掛ける。

リカちゃんは大阪におばあちゃんがいて、五十五歳ということを嬉しそうに私に言ってくれた。

なるほど、それなら、六十の私を、おばあちゃんと言ってもそれほど気にしなくていいんだ、とこちらも機嫌がよくなる。私は、昔、折り紙でメダルを折っていたことを思い出した。

「今度、作って、お母さんのお店にもっていくね」と言うと、「じゃあ、リカは、これからスーパーのメダルは欲しがりませんから」と急に、おませな言い方をして無邪気な笑顔をこちらに向けてくれた。こんな孫がひとりでもいたら、老いる不安も、うつうつとした気持ちもなくなるかも知れないと感じていた。


やっと秋らしい天候が続き出した。リカちゃんと約束した折り紙のメダルはなんとか思い出して作れた。花模様のリボンをつけ、はやりのキャラもののシールでとめ、クリーニング店へ届けた。夫は、自分も一緒に行くと言ったが、昼間はリカちゃんは保育園にいるのよ、と言うと、そうだったな、と諦めた。

私の左肩の痛みはまだ続いている。少し重いものを持つと、後でそれがひびいてくる。肩をかばうと、腰や足が痛くなる。私は左利きなので利き腕をやられてしまっていて、包丁でみじん切りをした後は特に痛みがひどくなる。まな板をたたく包丁からの振動で左肩がじかに痛む。まるで大きな木を切るチェーンソーのようにも感じる振動なのだ。

「ミキサーがあるじゃないか。こまめに使えよ」

「結構面倒なのよ、ミキサーも」

あなたももう少し料理を覚えて欲しいわね、という言葉は飲み込んだ。なんだか八つ当たりになりそうだと思ったからだ。

二時を過ぎてから夫は昼食の準備をし始める。ぶつぶつと何かを言いながら、お盆に、私がさっき作ったおかずや、トマトの皿を置いたりしている。

「まごたちはやさしい……」

夫が突然言った。

「なんなの、そのまごたちって」

私は思わず聞いた。

「うん。栄養のバランスの合言葉。ま、ご、た、ち、わ、や、さ、し、い、だ。ま、は豆。ご、はごま。た、はたまご。ち、は牛乳」

「ち、は牛乳なの。ああ、ちちってことなの」

少し面白くなってくる。次は、はではなく、わという食材だそうだ。

「わ、はわかめ。や、は野菜。さ、は魚。し、はしいたけ」

「へえ、すごい。それをあなた、そろえようとしているの」

「そうさ。それから、何だったか」

「だから、最後は、い、でしょ。い、はなあに」

「えーと、い、は何だったか」

小皿に盛り付ける手を休めて夫は言った。

「忘れたの。せっかく聞いていたのに。い、い。……いか?」

「違う」と夫は少し苛々した感じで箸で小皿をつついた。

「い。いかしか思いつかない。……もしかして、胃酸?」

「ふざけるなよ」

「だって。……い、い、いわし、は魚よね」

遠くで焼き芋を売る声と笛の音がしてくる。私と夫は同時に、

「いしやきいも!」

ふたりで言った。

「違う。ただの、いもだ。いも」

夫は言いなおし、やっと思い出せた、とほっとした様子になった。

「まごたちはやさしい、か。孫を期待しても無駄なのに、うちは。覚えたくないわね、私は」と
私は、まごという言葉に反応して言ってしまう。

「僕は平気だ。そう言いながら栄養を考えるよ」

「でもね、だいたい、私、作っているわよ。しいたけや、いも、までは、毎日じゃあないにしても」

「礼子はおおざっぱだからな。仕方がないな」

夫は、いつもより小皿を多く使い、まめな手つきで食事の用意を続けている。夫が食事の盛り付けを自分でするのは助かっているはずなのに、何となく苛々してくる。

「おおざっぱでもすることはしている。大変なのよ。主婦の仕事がこんなに大変だなんて、働いている時は、忘れていたわ。まるで、輪の中をくるくる走るハツカネズミよ」

そう言って、フライパンを流しで洗おうと持ち上げた途端、また左肩が激しく痛んだ。

「痛い。いたたたた」

その場にうずくまってしまう。夫は、そんな私の様子も気にしない感じで、まごたちはやさしい、をお経のようにつぶやいている。

十二月の下旬、ついに鍼灸院に行くことになった。私の母が気にして電話をしてきたことから、夫が以前仕事の先輩がかかっていたという鍼灸院を強くすすめたのだ。

電車で十五分乗り、ずいぶん歩いて行った。風が強く肌寒い。気持ちがめげそうになる。

医院は大きな看板がかかり、ドアを開けると、たくさんの白いカーテンとベッドが見えた。ご予約の方でしょうか、とすぐ横から声がしたので、見ると、受付係の名札をつけた女性が椅子から立ち上がった。名を名のるとすぐ、奥のりっぱな机の前に腰掛けていた男性が白衣を着ながら、私に一礼をした。夫と同じぐらいの年齢だろうか。院長のようだ。

院長に促されて、一番入り口に近いベッドに横になった。

「はあはあ、左肩がやられましたか。もう半年近く前ですか。ずいぶん我慢されたんですなあ」

そう言いながら、白く薄っぺらいカーテンを閉めた。仰向けに寝たり、うつぶせになったりし、どこが痛いのか、どこまで腕がまがるのか等、次々と確かめられた。そうするだけで相当痛い。それを見ていたのか、

「これから三十分ほどは我慢してくださいね。針が深い部分を刺激すると、痛くなりますが、どうしても我慢ができない時は言ってくださいね」

「はい」

そう答える間もなく、院長は針の束らしきものを次々と私の全身に刺し出した。

気持ちの悪い鈍痛が襲う。冷や汗が流れる。院長は今していることの効用を話してくれているが、私の頭の中は痛みに耐えることしかできない状態になっている。隣のベッドから、ああいい気分だ、といかにも気持ちのよさそうな男性の声がしてくる。我慢できず、私はうめき声をあげた。

「痛いですか?」

「えっと……。激痛ではないです」

「そうでしょうね。まだ浅くしか針を刺していないですから」

私は、ええっ、まだ本格治療じゃあないわけ、と心の中で叫んでいた。

治療がすすむ度に私は何度か、痛い、と大きな声でいい、院長は仕方がないなあという顔をした。二十分ほどで治療は終わった。

「明日一日ぐらいは体がだるくなるでしょう。でも左肩は日常生活はスムーズに送れるようになっていると思いますよ」

額の汗をタオルでふきながら院長が言う。

「ありがとうございました」

礼は言ったが、心はこもっていない。そして、ぐったりとしていた。

カーテン一枚でしきられていた隣のベッドでは、芸能やスポーツのニュースで盛り上がっているような声がしている。どうして私ばかりがこんな目に遭うのか。

家に帰ると、院長の言っていた通り、疲労感が襲ってきた。達也の夕食を簡単に用意し、寝室でそのまま横になる。夫は、大丈夫か、と様子をうかがっていた。達也のごはんは用意できたから、と言うと、そうか、きっとよくなるさ、といつもより優しく言ってくれた。

うとうとしてしまった。達也の大きな声で目が覚めた。

「母さん、母さん、どこにいるの？」

そう言って家の中をうろうろしている感じだ。

「ここよ。寝室」

私は起き上がろうとしてふらふらする。達也は襖をあけ、ちょうど私が布団の上で倒れるところを見た。

「キャー、どうしたの、母さん。なんで、こけたの？」

達也は、まだ起き上がれない私にしがみつく。

「達也。大丈夫だから。なんでもないって。お父さん呼んでちょうだい」

私はそう言うのもやっとだった。達也は走って、お父さん、お父さん、と叫んでいる。夫がいる気配がしない。達也はしばらくして、私のところへ戻ってきて、

「車がないよ。お父さん、どこかへ行ったよ」

不安そうに言う。達也の不安を解消してみせる、と気持ちをふるいたたせる。大丈夫、大丈夫、ほらね、と私は布団の上で立ち上がり、ピースのサインをしてみせた。達也も同じようにピース

サインを返す。これが二人の落ち着くおまじないなのだ。

何とかキッチンに行くと、達也が、新しいソースのボトルを欲しくて、私を呼んだのだ、と分かった。よかった。買い置きしているものがあった。達也は用意したとんかつにたっぷりのソースをかけ、おいしそうにほおばった。

私は益々体がだるくなってきた。けれど、和室のテレビ前で、本当は見たくもないがテレビを見るふりをして、達也の様子をうかがっていた。

夫は、両手にいっぱい、出来合いのお惣菜を買い込み帰ってきた。私が達也のことをいうと、

「久々のパニックだったのか。もう大丈夫だ」

と静かに言った。私はようやく落ちついた。

あくる日の夕方には私はだいたい元のように体調がよくなり、さらに、左肩の痛みは、かなりよくなり、腕を回すのも、高いところのものを取るのも、苦痛なくできるようになっていた。嬉しいというよりやれやれと思う。けれど今度は以前から調子のよくなかった歯が痛み出した。こんな風にどんどん体調が悪くなっていくのだろうか。

夕食の準備をしながら夫と話している。夫は手帳に何かを書き込んでいる。たぶん来年のスケジュールだろう。私はまだ来年の手帳を買っていない。時の経つのがはやすぎる。

その時インターホンがなった。

「あら、誰かしら。こんな時間に。ああ、あなた出てちょうだい。私、料理中なの」

「ええっ。聞こえないんだよ、インターホンの向こうの声は。耳が遠くなってて」

私は急いでタオルで手を拭き、インターホンに出た。なんとリカちゃんだった。

「まあ、リカちゃん。こんばんは。ちょっと待っててね。今そこへ行くわね。あなた、リカちゃんが」

夫がいた席を見るといなくて、勝手口でつっかけを履いていた。速い。びっくりしてしまう。

夫の後ろから外へ出る。本当にリカちゃんが、お母さんと一緒にもうすっかり暗くなった門扉のところに立っていた。

「すみません、こんなに遅くに」

「いいえ。そんなこと……。リカちゃん久しぶり」

「はい、久しぶりです」とリカちゃんは体を左右に揺らしながらそう言った。

「実は、ご挨拶に来させていただいたんです」

「挨拶？」

私と夫は同時にそう言った。

「はい。実家の大阪に引っ越しが決まりまして。一月から、私の母親の家の近くの保育所へリカは通います。急に空きができたんです」

「そうなの。そう。ああ、よかったわね。お母さんの近くなら、きっと色々手伝っていただけるだろうしね。ねえ、あなた」

「うんうん。そうだな。そうかあ。大阪ね」

「立花さんにはとてもお世話になりましたので、どうしてもお礼が言いたくて思い立ってきました」

「ああ、あがってくださいな。どうぞ。さあ」

お母さんは、少ししんみりした感じで言った。

「ありがとうございます。けれど、色々準備がありますので」

リカちゃんは、何かを私に渡そうとしているのを夫が見て、私に合図をした。

「おじいちゃんとおばあちゃんを描きました。上手じゃないけど」

と丸めた画用紙を私に渡した。広げると、笑顔の私達が飛びだすように描いてあった。

おじいちゃん、おばあちゃん、ありがとう。これからもなかよくしていてください、ときれいなひらがなで書いてある。

「ありがとう、リカちゃん」

そう言うのが精一杯だった。突然思いもしない別れがくる。怪訝そうにしているリカちゃんに、

「おばあちゃん、絵が上手でびっくりしているんだよ」

夫が感激しながら代弁してくれた。

何度も振り返り手を振りながら、リカちゃんとお母さんは角を曲がって去って行った。

家に入って夫と二人、キッチンの椅子にペタリと座り込んだ。

「つまらないわねえ。せっかく仲良くしていたのに」

「うん。まあ、今よりずっと幸せになるだろ、リカちゃんは。大人になったら目立つ程きれいな子になるだろうな。その頃は我々はこの世にいないだろうけど」

「……そうかも知れないわねえ」

「大阪で就職活動するって言っていたな。いい所がみつかるかね」

夫はずいぶん真剣に言って私の答えを待っている。

「いい所か。どうかしらね。子どもを抱えた母親にやさしい所は、大阪だってどこだって少ないでしょ。……就活ですか。大変よね」

私は、途中になっていた夕食の準備にとりかかった。こんな夜にかぎって、達也の帰りが遅いわ、とぼんやりと考えながら。

達也が帰って何のトラブルもなく寝てしまった。こんな空白の時間に、これから先のことが不安になる。今の私のような生活で十分な人もいるだろう。ただ私はそれだけでは生きていけないタイプなのだ。受け身の形でリカちゃんや体操教室の仲間との関わりを楽しんでいた。けれどそういった関わりは私には十分ではないのだろう。夫は友達と何年も会わなくても平気だ。夫と私は全然タイプが違う。それぞれ違っていて当たり前なのだ。

自分のことは自分でしっかりと切り開かなきゃ、と当たり前のことなのに、うんうんと頷きながら、何度も繰り返し考えている。

大晦日には豊も帰ってきた。元旦の昼、久しぶりに家族四人で食事をする。母は、親戚が来るからと言って、今年の正月はうちには来ない。昨夜遅くまで、実家の片付けと食事の手配をし、家に帰ってから正月の料理を仕上げた。

「特別大変なこともしていないのに、疲れがとれないわ。年かなあ」

私がそう言うと、

「真面目にやり過ぎなんじゃないか。ノンアルコールのビール缶があるから、それでも飲んだらどうだ」

夫は立ち上がってビール缶を持ってきてくれた。

私はほとんどお酒が飲めない。人生、ずいぶん損をしている、と楽しげに飲む人を見るたびに思う。

「ありがとう。せっかくだから飲むわね」と言うと、夫も達也も豊も同じように、うん、と言った。親子って妙なところが似ているものね、と何となく面白く感じる。

コップにビールをそそいでぐいと飲む。珍しくおいしいと思った。

「ああそうだ。今年の三月に写真クラブで一泊の撮影旅行があるんだ。もしかしたら行くかも知れない」

夫は思い出したように言った。

「いいじゃない。行ってくれば」

そう答え、私も一人旅でもしようとふいに思いついた。

「学校辞めたら旅行でもしたいと思いながら、すっかり忘れていたわ。私も今年は旅行をします、一人でね。気ままに」

「お父さんと一緒に行ったらいいじゃない」と豊が言うが、一人だから良いのよ、と本音で答える。

「ノンアルコールで酔っ払いそうかな。うん。旅行なら、九州か、富士五湖か……」

九州は、両親と五歳の頃旅行した。初めての旅だった。富士五湖は、忙しい両親に代わって、祖母や母の妹たちが連れて行ってくれた。小学生の頃のことだ。でも全然知らないところもいいと思う。

「私ね、小さい頃、大きくなったらキャンピングカーで旅をしたいって思っていたの。いろんな景色を見て、知らない人達と話をして……。朝は日が昇ると同時に起きるの」

「キャンピングカーにはシャワーまでとりつけるのだろ」と夫。

「そうよ。あら、あなたに話したことあったの？」

「付き合い出した頃にね。面白い人だと思ったよ」

「それが今では、現実問題に押しつぶされそうな毎日です」

私は何だか面白くなってきて、声に出して笑ってしまう。

「ホントに酔っ払った？」

豊が言い、ビール缶の表示を見て、少しアルコール成分入ってるじゃない、お父さん、と夫にビール缶を見せている。達也も、缶のラベルを見たりしている。私は、何だか益々愉快になっていった。

夫と達也が初詣に出掛けた。私は酔いが覚め、和室で豊とみかんを食べている。

リカちゃんからもらった絵を豊に見せた。

「へえ、元気な絵だねえ。リカちゃんか。僕も会いたかったたな。もう店にはいないんだね」

「うん。そうよ。母さんね、あの子がいなくなって、少し考えたのよ。そう言えば昔、保育士になりたいって思ったことあったたってね。子どもと関わる道があればいいなあって」

「森下のおばあちゃんもまだ元気なんだから、ちょっと子どもと関わる仕事を探すといいと思うよ、僕は」

豊はいつの間にか私の相談相手になれる年齢になっている。


一月も下旬となった。達也はこのところ落ち着いて作業所に通っている。今日は、私と夫は静かに洋室に一緒にいる。私は窓から外の木々の様子を何となく見ていた。夫はソファーで今日は二度目の新聞を読んでいる。

「私ね、少し働こうかと思ってね」

「働く？」

「ええ。保育所の臨時職員募集のポスターがあったの。免許がなくても大丈夫なんだって。週に十五時間程度は労働できる人って条件。早朝と夕方が中心だって」

「おいおい」

夫は新聞をたたんだ。

「申し込んだのよ。もうすぐ面接。自分の住む街でちょこっと働くのって、いい感じじゃない」

「本気なのか」

「本気よ。だって達也は朝はひとりの方が落ち着いているんだもの。何かの時は、あなた家にいるんだから安心だし」

あきれる夫から目をそらし、まだ冬の風に揺れる木々を見る。

「私ね、ずっと肩をいからせて、何かと戦って生きてきた気がするの。達也を守るために、そうしないといけないことがたくさんあった。けれど、何も戦わなくていい時まで、ずっと肩をいからせていた。生き方の癖のようなものができてしまっていたのよ」

「そうだろうな。器用じゃないからな。僕もそうだけど」

「これからだって、こんな世の中だから達也と一緒に頑張らないといけないことはあると思う。けれど、それとは別にね、少し穏やかな生き方ってものも身につけないといけない気がする。それができたらきっと、少し魅力的な老人になれるんじゃあないかしらね」

「魅力的、か……人の目を意識していないか」

「違うわよ。自分を自分自身でみて魅力的って思えるかってこと。子どもたちの笑顔で幸せを感じたり。好きな歌にあわせてうきうきして踊ったり、とか、そういうことなのよ」

「ふーん、そうなのか」

「言い換えればね。今の私に必要なのは生き生きしている老人になる活動。前向きで元気に年をとっていければ良いと思う。上手に老人になっていきたい」

私は、隣家の桜の木を見た。

「早く桜の季節にならないかしら。……散る桜　残る桜も　散る桜。良寛さんの句よ。急に思い出しちゃったわ。いい句よね」

夫のいる方を見ると、夫は新聞を片手に、うたたねをしていた。

「なんだ、寝ているの」

私はソファーの端に置いてある毛布のひざ掛けを夫にかけた。髭は結局剃ってくれずにそのままだ。夫は私より少し先に老いていっているようだ。よく見せてね、と思わずつぶやく。

そろそろ母に電話をいれてみよう。何か新しい出来事があっただろう。母の話に付き合うのも少しずつ面白くなってきた。

冬瓜の産毛

マンション五階のベランダから見上げる十月の空は、今日はすっきりしない。私はつい先日、市のみどり課の催しでもらった培養土を青い鉢に入れ、近所の店で買ったクリスマスローズの苗を埋め込んでいた。丁度クリスマスに白い小花を咲かせてくれるはずだ。

すぐに作業は終わり青い鉢をぼんやりと見る。花を育てるのはどうも下手だ。うまくいく方が珍しい。理由は分かっている。いつも思い付きで花を育て始めるので、ずっと見守って手をかけるということがおろそかになっているのだ。

ふと私の人生も、思いつくままにやってきたと思った。学校を出てからすぐにピアノ教室の先生になり、数年経ってお見合いで結婚した。特に何も考えず、悩みもしないでピアノを教えることは辞めた。そして二人の子どもを育てた。子どもは親として不安を感じない結婚をして、家から巣立っていった。今は夫と二人で暮らしている。もうすぐ七十の誕生日がくるというのに、強い意志で何かをするという気持ちが湧き上がってこない……。

マンション前はバスやトラックが頻繁に行き来する大きな道路だ。ベランダから部屋へ入るために戸を開けるのに、通りの音が響いていない瞬間をねらう。そしてできるだけ素早く部屋に入る。なるべく音をたてないで静かに行動する。

これだけ音に気をつけているのは夫が病気だからだ。夫はむずむず足症候群という病気になっている。英語でいうと、レストレス・レッグス・シンドローム。睡眠障害の一種だ。眠ろうとすると下半身が痙攣をおこし、眠れなくなるというのだ。大きな病院に十年以上も通っているが、一向によくならない。痙攣が大変な苦痛なので、夫は限界にくるまで起きていて、後は睡眠導入剤の力で少し眠るのだ。睡眠中も夫が痙攣しているのを時々見るのだが、あまり気持ちのいいものではない。

病気になった当初は昼まで寝ていて、後は普通の生活ができていた。けれど最近は、昼夜逆転になる日が急に増えてきている。処方されている睡眠導入剤でもどうにもならないらしい。それで私は昼間、洗濯機の音や掃除機の音等の生活音を、あまりたてないで静かにしているしかないのだ。

六年前、一戸建ての家を処分して、交通の便のいいこの街に引っ越しをしてきた。前の家は、子ども二人と夫婦で暮らすには十分で快適だった。けれど長男も長女も結婚して家を出てからは、ただ光熱費の高くつく、交通や買い物に不便なだけの家になり嫌気がさしてしまった。そこで思い切ってマンション暮らしを選んだのだ。中古の物件で選んだ。そのわりには高かった。だが、とにかく交通の便がいいので今の所に決めた。そのおかげで私も夫も行動範囲が広がった。夫の病院も近くなり、初めは一時、病気も軽くなったようにみえたものだった。

しかし今、キッチンと二部屋しかないこのマンションで、昼夜逆転の生活を送る夫と暮らすことは、とても苦痛だというのが、私の本当の気持ちに近い。

家の電話がなる。嫁の桜子さんの携帯番号が電話の中央に表示されている。

「もしもし、お義母さんですか。お元気にしてらっしゃいますか」

「ありがとう。私はなんとかやっているわ」

「お義父さんは、どうですか」

私は桜子さんに手短に夫の状態を説明した。今日の電話は、孫である幸の小学校の運動会の日程を知らせるためのものだと分かる。一昨年は夫婦そろって出向いた。去年は私ひとりだけ幸を見にでかけた。今年は四年生なので、出番も多いらしい。

「そうねえ。どうしようかしら。父さんの状態が今いちだからね。もっともそんなこといっていたら何もできないけれどね」

「ええ。……そうですね」

桜子さんはそれ以上何も言わない。私を積極的に誘う気はないのだろうと察しがつく。

「まあ今年は行かないことにするわ。私も風邪がすっきりしていないしね。さっちゃんに、また年末にはこっちに泊まりに来てって言っておいてね。よろしく」

そう言って電話を切った。

桜子さんは、結婚したばかりの頃から考えると、ずいぶん賢くふるまえるようになったと思う。

長男と付き合っていた頃は、

「私、この人と結婚したら、秋野桜子という名前になっちゃうんですよね。なんか季節感バラバラって感じですよね。お笑い芸人みたい」

等と言っていた。私は、お笑い芸人ならもう少しましな名をつけるわよ、と心の中で思ったものだった。私の名前は秋野久美子という。平凡な名前だと思っている。

長男と桜子さんは職場結婚だった。共働きをするのかと思っていたが、幸が生まれた時、桜子さんは仕事を辞めた。何の後悔もなかったのか、私は知らない。

ぶつぶつ独り言を言っていたようで、トイレか何かで一旦起きてきた夫に怪訝そうに覗き込まれた。

「あらっ」と言う私に、「もちろんまだ寝る」と夫は答えた。けれど冷蔵庫を開け牛乳のパックを取り出そうとしている。そしてその手を止め冷蔵庫の何かを見た。

「おい、久美子。種抜きプルーンにまだはまっているのか」

夫は私を睨む。夫は以前からプルーンの甘さがどうも好きになれないらしかった。

「えぇっ。何を言っているの。プルーンは半年前に食べるのをやめたのだけれど、やっぱりあなたや私の体にいいかな、と思って昨日買ったのよ、久しぶりに」

「半年前にやめた?」夫は不思議そうな様子で、牛乳のパックを取り出しガラスのコップに牛乳をそそいだ。

「あなた大丈夫。寝ぼけているの?」

「いや。まあ人のことだから忘れていた」

「人のことって……」

そう言いながら、私も探しものを始める。

「何を探しているのかな」

夫は牛乳を飲みながらそう言う。

「この前買ったバスの回数カードをね。……おかしいわ。財布以外に入れるなんてことなかったのに」

「お前こそ大丈夫か。自分の買ったものまでなくすなんて」

「まだなくしたって決まっていないでしょ。ええっと、昨日鞄を持ち替えて。その時に」

夫の視線を感じ慌ててしまう。夫は珍しい小動物を見るようにじーっと私を見ていた。

「あった、あった、こんなところに！」

とカードを見つけて夫に言うと、なあんだ、という顔をして夫は寝室へ向かって行った。

夕方になる。もう買い物に出るにはぎりぎりの時間だ。慌てて冷蔵庫の中身を確かめる。鶏肉がある。昨日多目に買っておいたので、それを中心に作ろうと思う。たまねぎと鶏肉でチキンカレーを作ろう。レシピは長女の絵里が数年前に教えてくれたものだ。夫も気に入っている。スパイスは十分そろっている。トマトの缶詰まである。そうだ。ヨーグルトがいる。それを買いに行かないといけない。チキンカレーをまろやかにするために、ヨーグルトはぜひ必要だ。大型スーパーへ行くほどの買い物ではないので、すぐ近くのコンビニで買い物をしよう。

十月に入っているので、日暮れは早くなってきていて気ぜわしい。駅前のコンビニに歩いて行った。店には仕事帰りらしい買い物客が数人いた。生気のない顔ばかりだ。

ヨーグルトとお菓子を買ってビニール袋に入れた。出口に向かうと、丁度子ども二人が入って来た。小学校の高学年の女の子と三歳ぐらいの女の子だ。二人とも少し薄汚れて見える。特に下の子どもの服装がおかしい。赤ん坊が着るような、ズボンの内側にホックがついたものを着ている。サイズが小さすぎて、ホックがはずれていて、紙おむつのようなものが見えるのだ。靴をみると、これも赤ん坊が履くような布製の靴で、前の部分が破れかけて親指の爪が見えている。

一体親は何をしているの、と保護者らしき人を捜すが、いない。どうやら二人だけで何かを買いにきたらしい。

暗く不安な気持ちと、呆れた気持ちを抱きながら、マンションに帰った。

手早く考えたとおりの料理を作り、夫が起きてくるのを待つ。なかなか起きてこないので、仕方なく私ひとりで夕食をとる。食事が終わる頃、やっと夫はキッチンに現れた。まだすっきりしない顔つきだ。

「どう？　調子は」

私は半ば義務的に聞く。

「ああ、だめだね。すっきりしないけど、明日は朝早い通院の日だから、調子を整えるために無理に起きた。これで三時か四時に寝られれば、九時に起きて、医者にいける」

夫は洗面所へむかった。勢いよく顔を洗っているのが分かる。なんとかリズムを整えようとしているのだろう。夫は七十五歳だ。

「料理、テーブルの上よ。冷蔵庫の中のポテトサラダ出しておいた方がいいかしら」

「いや、後で自分で出すよ」

早めに食べたほうがおいしいわよ、と言いたいところだが、体の都合で何をどうするか、日によって食べ方も違うので、好きにしてもらうしかない。

夫はキッチンに戻ってきた。私は話のきっかけを探すうち、コンビニで見た子ども達のことを思い出した。

「ねえ、さっき変な女の子達見たのよ。服も体もずいぶん汚れているのよ。親にかまってもらっていないみたい。何ていったか……あれ」

「育児放棄か」

「それそれ。心配だわ」

「色々あるねえ。どこで」

「駅前のコンビニ。五時すぎよ」

「ふーん」

そう言って、夫は、自分はそれどころじゃない、という様子で急いで軽い食事を済ませ、着替えの準備を始めた。食事の後はウォーキングに行くのが日課だ。

夫がウォーキングにでると、掃除機をかけた。窓を開けて掃除をしたいが、音のことで住人からとやかく言われても嫌なので窓は開けない。換気扇を回した。

することをしてしまうと、後はテレビで時間つぶしをする。

お笑い芸人たちが雛壇に座って、何かのVTRを見た後にコメントしあっている。笑いがとれると、皆オーバーに手をたたく。笑いのきっかけを作った芸人はその会話を何度か繰り返し膨らまし、また笑いをとろうとしている。芸人同士が大笑いをしていて何がいいのか。コンビで血をはく程練習していた先輩芸人の姿を見ていて、今それなの？　それとも先輩の芸は見ていないの？　高価なスーツ姿のお笑い芸人たちを睨みつける。

テレビが気晴らしにならなくなってからずいぶん経つ。それを忘れてまたテレビをつける。また白ける。繰り返し、繰り返し、そうやっている。一体私はこんなところで何をしているのだろう。


一週間経った。急に寒くなったので、暖房器具を部屋に置いたり、そのために狭くなったスペースを広げるために不用なものを片付けたりしていた。

夜十時過ぎに散歩から戻った夫が、キッチンにいる私にすぐに話をしにきた。

「おい、久美子。このマンションに小さい子いるか」

「いるでしょ、いくらでも」

私は夫が何を言いたいのか気になり、皿を片付ける手をとめて夫を見た。

「小さい姉妹。マンションの玄関でしゃがみこんで何かしていたぞ」

「大人はいたの？」

「いなかった。それに、二人の服が薄汚れていて。この前、お前が話していたコンビニにいた子ども達と似た感じがした」

夫は椅子に腰掛け、お茶を飲みたい仕草をした。

「そんなことがある。うちの孫の幸ぐらいの子と、三歳ぐらいの子ども？」

慌てて夫にお茶をいれながら聞く。夫は頷いた。

「私、行ってみる！」

何か胸騒ぎがした。

エレベーターで一階に降りた。エントランスには誰もいなかった。また部屋に戻る。

「もういなかったんだろう」

夫は居間で雑誌を見ていた。

「ええ。このマンションでそんな、子どもをほったらかしにしている家があると思う？　考えられない」

「考えられないことだらけだろ、この世の中」

夫は、珍しくはっきりと私を見てそう言った。

次の日の朝、自治会長の家に行った。前もって電話をしていたので、部屋に招き入れられた。同じ間取りだが、ずいぶんこぎれいな感じがする。奥さんのセンスがいいのだろう。

「女の子二人の家庭ということでしたね。なにしろ百軒近い住居なわけで……」

自治会長はそう言いながら、ソファーをすすめ、青いファイルを手にとった。

「女房が入院中で、お茶も差し上げずすみませんなあ」

「いいえ。自治会長さんも大変ですね」

そう言って私はソファーに腰掛け、青いファイルを見た。視力も悪くなっていて、何が書いてあるのか分からない。

「うーん。……実はですね、一軒それらしいおうちがありましてね。半年ほど前に六階に引っ越してきた家族です」

「半年前。六階に……」

私の家のひとつ上の階だ。今までエレベーターで会っていなかったのが不思議だ、と思った。

「同じ六階の人から、秋野さんのような心配の声が出ているんです」

「まあ。同じ六階の人から」

「はい。見た目も問題ですが。夜、親がいないのじゃあないかとか、食べさせてもらっていないんじゃないか、とかですね。大きな問題にならないといいんですがね」

「暴力を受けているなんてことは……」

「そういう声は聞かないです、今のところ」

「学校は行っているんでしょうか」

「上の子は制服がある学校で、学校へは行っているようです。五年生ですな」

自治会長は学校名も知っていた。

「すぐ近くに役所もあって相談するのもひとつの方法ですけれど、どうしたものか考えていますよ、何しろ同じマンションの住人ですからね」

そう続けて言った。ともかく気をつけましょう、と二人で話して自分の部屋に戻った。駅にも近く便利な都会の中にあるマンションなので、中古で買ったとしても安くはなかったはずだ。そんな中でこういうことがあるなんて信じられない。親は何の仕事をしているのだろう。急に世話のできない出来事でもあったのだろうか。


十一月も半ばになった。夫も相変わらずだし、その後、心配な二人の子どものことは分からない。電話がなる。桜子さんからだ。内容は、年末にうちに来ることができないかも知れないということだ。年末年始は家族でスキーに行くかも知れないらしい。二年前にもそんなことがあったので、特に驚きはしなかった。ただ、どうして長男の真から連絡がないのか、と寂しくなる。

長女の絵里もどうしているのやら。結婚して八年も経つのにまるで独身のように気ままにやっている。不妊治療は経済的に行き詰まり、子どもは諦めたらしいが。

大きなスーパーでまとめ買いをしてくる。自転車は電動ではないので結構疲れた。自転車置き場に自転車を置き、スーパーのロゴ入りのビニール袋を抱える。ふと人の気配を感じ振り向くと、心配していたあの二人の子ども達が立っていた。汗臭い臭いがする。

「こんにちは。自転車を取りに来たの？」

とっさに声をかける。

「ううん。自転車はないの。理沙がここに行こうっていうから」

どうやら下の子どもは、理沙という名前らしい。理沙ちゃんは人見知りをしている感じで、私がじっと見ると、姉の後ろに隠れるようにした。分厚いコートを着てはいるが、中のズボンはサイズが小さそうで、膝のあたりも生地が薄くなっていた。姉は小学校の制服のままで、名札が出ている。

「坂上さんって名前なのね」

名札を指差し私が言うと、

「しまった」

姉は、名札を胸ポケットにつっこんだ。下校する時は、名札を片付けるという決まりがあるのだろう。同じマンションだから名前が分かったっていいじゃない、と私が言うと、うん、と姉が言った。もじもじしていてまだ何か言いたそうだ。

「お母さんが鍵をかけて出掛けたまま帰ってこないんだ」

姉が不満そうに言う。

「もうすぐ暗くなるのにね」

私は思ったとおりを言ってみる。

「コンビニに行ってあったまるからいいけどさ。……何よ、理沙」

姉は、理沙ちゃんにスカートを引っ張られていた。

「ああ分かったよ。おばあちゃん、何かお菓子持ってない？　この子、お腹すいたらしいんだ」

「ああ、あるわよ。おじいちゃんにおかきを買ってきたから。待って」

そう言って、私はおかきの大袋から半分ぐらいを、いつも一枚持って歩いているビニール袋に入れて渡した。

「おじいちゃんも食べるからね、これぐらいしかあげられないけれど。理沙ちゃんと分けてね」

私に名を呼ばれ、妹の理沙ちゃんはまた姉の後ろに隠れた。片手が姉のウエスト辺りに見えていてその手の爪がずいぶん伸びていた。

「おばあちゃん、いい人だね。たくさんくれてありがとう」

姉はそう言い、二人で袋を持ってさっと駆けて行った。汗臭い臭いは少し漂ったままだ。お風呂に入っていないのかも知れない。駅の方に駆けて行く二人の姿があっという間に消えた。

可哀相なんてレベルは超えているような気がした。明日朝いちで市役所に電話をしてみよう。

次の日の朝。何度か電話をかけるのを躊躇したがやはり決心して役所に電話をかけた。代表番号に出た係の人に少し話すと、子ども相談室につながれた。

「はい。子ども相談室、子ども相談員、森です」

「あのう、子どものことは、そちらが係と聞きまして」

「はい、そうです」

てきぱきとした口調で森と名乗る相談員は答えた。

「私の住むリバーサイドマンションに心配な姉妹がいるんです。半年前に引っ越してきたらしいです」

と話しだし私は今まで私が見た姉妹の状態を話した。森という相談員はメモをとっている様子だった。

「名前は坂上智美。小学五年生です。妹は理沙という名です。初めは三歳前かと思ったんです。紙おむつをしているし、小柄だし。でもたぶんもうすぐ四歳になるらしいです。同じ六階に住む人から最近聞きました。いつも汚れた身なりで体も汚れているし。お腹をすかせています。怪我でも病気でも医者に行ったことがないかも知れない。そんな感じなんです、二人とも」

「同じマンションにお住まいなんですね？」

と相談員が訊く。

「はい。私は秋野といいます。同じマンションの五階に住んでいます」

自分のことを名乗るのを忘れていて少し慌てた。

「貴重な情報をいただきありがとうございます。相談員ひとりではなく、保健師や見守り隊の人達とも連携して取り組むケースだと思います。あのう、ただ私達が動くことは、内容が内容ですので目立たずにしないといけませんので、ご了解ください」

森という相談員はゆっくりと答えた。話しぶりから五十歳前後のように感じる。

「私が言うのも何なんですが、何かおこってからではダメですからね。お願いしますよ」

「はい。またぜひ情報をいただきたいと思います。本当にありがとうございました」

「では……」

電話を切るとどっと疲れが出た。

夕方夫が食事をする横で私は役所へ電話をいれたことを話した。夫は、そうか、と言って少し考えている様子だった。

「俺もね、ちょっと前にあの子たちの母親らしき人を見かけたよ。なんか歩き方も弱々しくってな。ちょっと知的に遅れがあるんじゃないかと思うよ」

「注意してくれる親戚とかいないのかしら」

「どうなんだろうな」

「でも血の繋がっている親子なんですって。同じ階の人から聞いた」

「そうか。義理の仲で虐待っていうケース、よくテレビで言っているからな。そうじゃないなら改善の余地はあるかなあ。と言ったって何ができるって訳でもないけれどな、我々は」

「まあ、とにかく注意しておくわ。あなたも何か感じたらすぐに言ってね」

私の言葉に夫は口をきつく結んで頷いた。


自転車で買い物に出てマンションに戻ってきた。自転車置き場で一息つきエレベーターのところへくる。やっと降りてきたエレベーターのドアが開くと、中年の女の人が二人何を話すでもない様子で出てきた。私は、スーパーの袋を抱えてエレベーターに乗り込んだ。ドアを閉めようとした時、ふいに子ども達が入ってきた。それは坂上家の姉妹だった。そして、引き続きさっきエレベーターを降りた女の人達が乗り込んできた。私は五階、坂上の姉の智美ちゃんは六階のボタンを押した。

「あっ、自転車置き場で会うおばあちゃん！」

智美ちゃんが私のことを思い出してそう言った。

「あら、こんにちは。智美ちゃんは六階だったのねえ」

自治会長さんから、坂上智美さんの家は六階と聞いていたが知らないふりをしてそう話してみた。

「おばあちゃんは五階の秋野というのよ」

と言ってから、知らない女の人達が乗っているのにこんなに話すなんて、と思った。この人達

鳥影社出版案内

2020

イラスト／奥村かよこ

choeisha
文藝・学術出版 鳥影社
〒160-0023 東京都新宿区西新宿 3-5-12 トーカン新宿 7F
TEL 03-5948-6470 FAX 03-5948-6471（東京営業所）
〒392-0012 長野県諏訪市四賀 229-1（本社・編集室）
TEL 0266-53-2903 FAX 0266-58-6771 郵便振替 00190-6-88230
ホームページ www.choeisha.com メール order@choeisha.com
お求めはお近くの書店または弊社（03-5948-6470）へ
弊社への注文は 1 冊から送料無料にてお届けいたします

*新刊・話題作

出来事
吉村萬壱（朝日新聞・時事通信ほかで紹介）

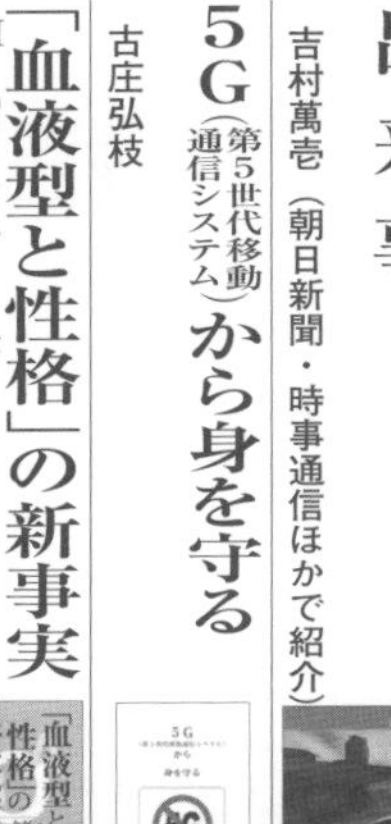

季刊文科62～77号連載「転落」の単行本化
芥川賞作家・吉村萬壱が放つ、不穏なるホンモノとニセモノの世界。
1700円

5G（第5世代移動通信システム）から身を守る
古庄弘枝

商用サービスが始まった5G。その実態を検証し、危険性に警鐘を鳴らす。最終章に身を守る方法を収録する。
500円

「血液型と性格」の新事実
AIと30万人のデータが出した驚きの結論（二刷出来）金澤正由樹

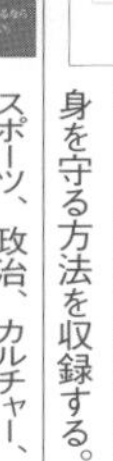

スポーツ、政治、カルチャー、恋愛など、様々なシーンのデータを分析。血液型と性格の真新しい事実が、徐々に明らかに！
1500円

漱石と熊楠 同時代を生きた二人の巨人
三田村信行（二刷出来）（東京新聞他で紹介）

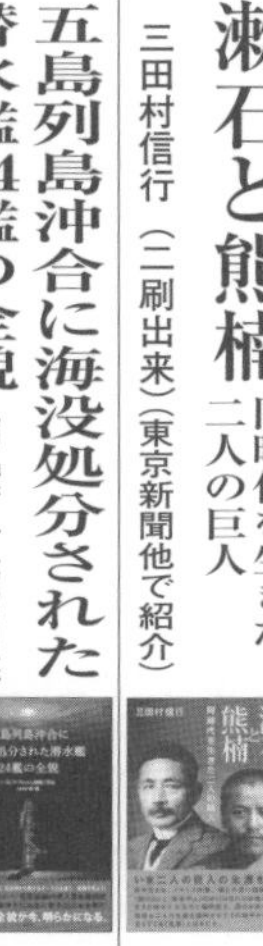

いま二人の巨人の生涯を辿る。同年生まれイギリス体験、猫との深い因縁。並列して見えてくる〈風景〉とは。
1800円

五島列島沖合に海没処分された潜水艦24艦の全貌
浦環（二刷出来）

日本船舶海洋工学会賞受賞。実物から受けるオーラは、記念碑から受けるオーラとは違う。実物を見よう！

2800円

図解 精神療法
日本の臨床現場で専門医が創る
広岡清伸

心の病の発症過程から回復過程、最新の精神療法を、医師自らが手がけたイラストとともに解説する。A4カラー・460頁。
12000円

地蔵千年、花百年
柴田翔（読売新聞・サンデー毎日で紹介）

芥川賞受賞『されど われらが日々―』から約半世紀。約30年ぶりの新作長編小説。戦後からの時空と永遠を描く。

1800円

親子の手帖
鳥羽和久（三刷出来）

現代の「寺子屋」を運営する著者による、親と子の幸せの探し方。現代の頼りない親子達が幸せを見つけるための教科書。
1200円

入門フォーカシング 阿世賀浩一郎
身体と心のモヤモヤに効く技法、フォーカシングの絶好の入門書！ 600円

香害から身を守る 古庄弘枝
よかれと思ってつけるその香りが隣人を苦しめ大気を汚染している。「香害」です。 500円

老兵は死なず マッカーサーの生涯 林義勝他訳
生まれから大統領選挑戦にいたる知られざる全貌の決定版・1200頁。 5800円

愛知ふるさと素描 河村アキラ
『名古屋ふるさと素描』に、新たに40枚を追加。愛知県内各地に残されたニッポンの消えゆく庶民の原風景を描く。1800円

純文学宣言
季刊文科25～81（61より各1500円）
〈編集委員〉伊藤氏貴、勝又浩、佐藤洋二郎
富岡幸一郎、中沢けい、松本徹、津村節子
【文学の本質を次世代に伝え、かつ純文学の孤塁を守りつつ、文学の復権を目指す文芸誌】

新訳金瓶梅（全三巻予定）

田中智行訳（朝日・中日新聞他で紹介）

三国志などと並び四大奇書の一つとされる金瓶梅。そのイメージを刷新する翻訳に挑んだ意欲作。詳細な訳註も。　3500円

アルザスワイン街道

―お気に入りの蔵をめぐる旅―

森本育子（2刷）

アルザスを知らないなんて！　フランスの魅力はなんといっても豊かな地方のバリエーションにつきる。　1800円

小鬼の市とその他の詩

クリスティナ・ロセッティ詩集

滝口智子訳

表題作他、生と死の喜びと痛みをうたう19世紀英国詩人のみずみずしい第一詩集、完訳。　2200円

ふわふわさんとチクチクさんのポケット心理学

心豊かに生きるための40のレシピ

小林雅美

ポケットに入るぐらい気楽な心理学誕生。人生を切り開く「交流分析」を40のレシピとしてわかりやすく解説。　1600円

シングルトン

エリック・クライネンバーグ／白川貴子訳

一人で暮らす「シングルトン」が世界中で急上昇。このセンセーショナルな現実を検証する欧米有力誌で絶賛された衝撃の書。　1800円

低線量放射線の脅威

J・グールド、B・ゴールドマン／今井清一・今井良一訳

低線量放射線と心疾患、ガン、感染症による死亡率がどのようにかかわるのかを膨大なデータをもとに明らかにする。　1900円

ドリーム・マシーン

悪名高きV-22オスプレイの知られざる歴史

リチャード・ウィッテル／影本賢治訳

これを読まずにV-22オスプレイは語れない！
陸上自衛隊に配備されたオスプレイの知っておくべき歴史的事実。　3200円

フランス・イタリア紀行

トバイアス・スモレット／根岸彰訳

十八世紀欧州社会と当時のグランドツアーの実態を描き、米国旅行誌が史上最良の旅行書の一冊に選定。発刊から250年、待望の完訳。　2800円

ヨーゼフ・ロート小説集

平田達治　佐藤康彦　訳

第一巻　優等生、バルバラ、立身出世
　サヴォイホテル、曇った鏡　他
第二巻　ヨブ・ある平凡な男のロマン
　タラバス・この世の客
第三巻　殺人者の告白、偽りの分銅・計量検査官の物語、美の勝利
第四巻　皇帝廟、千二夜物語、レヴィアタン（珊瑚商人譚）
別　巻　ラデツキー行進曲（2600円）

四六判・上製／平均480頁　3700円

ローベルト・ヴァルザー作品集

新本史斉／若林恵／F・ヒンターエーダー＝エムデ　訳

カフカ、ベンヤミン、ムージルから現代作家にいたるまで大きな影響をあたえる。

1　タンナー兄弟姉妹
2　助手
3　長編小説と散文集
4　散文小品集Ⅰ
5　盗賊／散文小品集Ⅱ

四六判、上製／各巻2600円

一五〇年前のIT革命 岩倉使節団のニューメディア体験
松田裕之
「一身にして二生」を体験する現代人必読の一冊。AI時代を生き抜くヒントがここにある！ 1550円

岡谷製糸王国記 信州の寒村に起きた奇跡
市川一雄
富岡ではなく岡谷がなぜ繁栄？ 諏訪式機械と諏訪式経営、「工女ファースト」の実像、片倉四兄弟の栄光。 1600円

桃山の美濃古陶 古田織部の美
西村克也／久野治
古田織部の指導で誕生した美濃古陶の未発表の伝世作品の逸品約90点をカラーで紹介。桃山茶陶歴史年表、茶人列伝も収録。 3600円

頼朝が幾何で造った都市・鎌倉
平井隆一
鶴岡八幡宮 鎌倉大仏の謎が解けた！ 工学博士の歴史家が7年の歳月をかけて描いた本格的な歴史書！ 1500円

新渡戸稲造 人格論と社会観
谷口稔
多岐にわたる活動を続けた彼の人格論をベースに農業思想・植民思想・教育思想を論じ、思想の解明と人物像に迫る。 2200円

幕末の長州藩 西洋兵学と近代化
郡司健
海防・藩経営及び会計的側面を活写。西洋の産業革命に対し伝統技術で立向った長州藩の歴史。 2200円

天皇の秘宝 —さまよえる三種神器・神璽の秘密—
深田浩市
二千年の時を超えて初めて明かされる「三種神器の勾玉」衝撃の事実！ 日本国家の祖、真の皇祖の姿とは!! 1500円

西行 わが心の行方
松本徹（二刷出来）（毎日新聞で紹介）
季刊文科で「物語のトポス西行随歩」として十五回にわたり連載された西行ゆかりの地を巡り論じた評論的随筆作品。 1600円

浦賀与力中島三郎助伝 木村紀八郎
幕末という岐路に先見と至誠をもって生き抜いた最後の武士の初の本格評伝。 2200円

軍艦奉行木村摂津守伝 木村紀八郎
若くして名利を求めず隠居、福沢諭吉が終生敬愛したというサムライの生涯。 2200円

南の悪魔フェリッペ二世 伊東章
スペインの世紀といわれる百年が世界のすべてを変えた。黄金世紀の虚実1 1900円

フランク人の事蹟 第一回十字軍年代記
丑田弘忍訳 第一次十字軍に実際に参加した三人の年代記作家による異なる視点の記録。 2800円

大村益次郎伝 木村紀八郎
長州征討、戊辰戦争で長州軍を率いて幕府軍を撃破した天才軍略家の生涯を描く。 2200円

新版 日蓮の思想と生涯 須田晴夫
日蓮が生きた時代状況と、思想の展開を総合的に考察。日蓮仏法の案内書！ 3500円

天皇家の卑弥呼（三刷）深田浩市
倭国大乱は皇位継承戦争だった!! 文献や科学調査から卑弥呼擁立の理由が明らかに。 1500円

古事記新解釈 南九州方言で読み解く神代
飯野武夫／飯野布志夫 編 『古事記』上巻は南九州の方言で読み解ける。 4800円

反面教師として読んだ『文章読本』

原不二夫

日本語を書くすべての人々に贈る「文章読本」の決定版。文章を書く者すべてにとって、これは必須の一冊となるだろう。　2800円

赤彦とアララギ

―中原静子と太田喜志子をめぐって

福田はるか（読売新聞書評）

悩み苦しみながら伴走した妻不二子、畏敬と思慕で生き通した中原静子、門に入らず自力で成長した太田喜志子。　2800円

風嫌い

田畑暁生

なぜ、姉は風が嫌いなの？　ちょっとこわくて、どこかおかしい、驚きあり笑いあり涙ありの、バラエティに富んだ傑作短篇小説集。　1400円

ピエールとリュス

ロマン・ロラン／三木原浩史 訳

1918年パリ。ドイツ軍の空爆の下でめぐりあった二人。ロラン作品のなかでも、今なお、愛され続ける名作の新訳と解説。　1600円

中上健次論（全三巻）

（第一巻 死者の声から、声なき死者へ）

（第二巻 父の名の否〈ノン〉、あるいは資本の到来）（第三巻 幻想の村から）

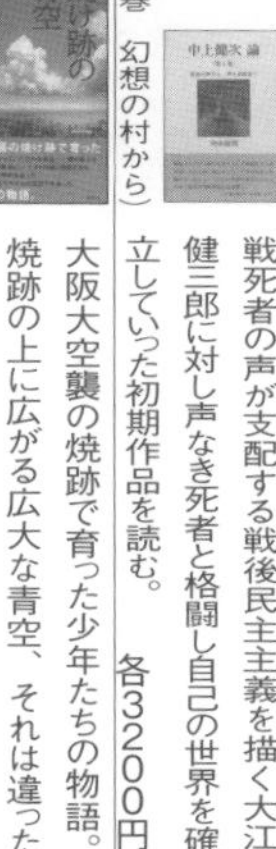

戦死者の声が支配する戦後民主主義を描く大江健三郎に対し声なき死者と格闘し自己の世界を確立していった初期作品を読む。　各3200円

焼け跡の青空

高畠 寛

大阪大空襲の焼跡で育った少年たちの物語。焼跡の上に広がる広大な青空、それは違った見方をすれば希望でもあった。　1500円

昭和キッズ物語

藤あきら

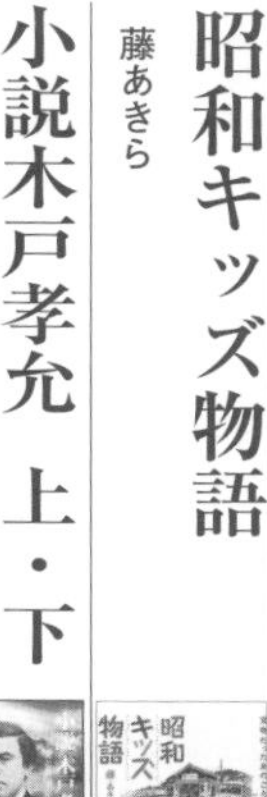

宝物だったあのころ……昭和の時代に子供だったすべての者たちへ。さぁ、愛おしい人たちに会いに行こう。　1800円

小説木戸孝允 上・下

―愛と憂国の生涯―

中尾實信（2刷）

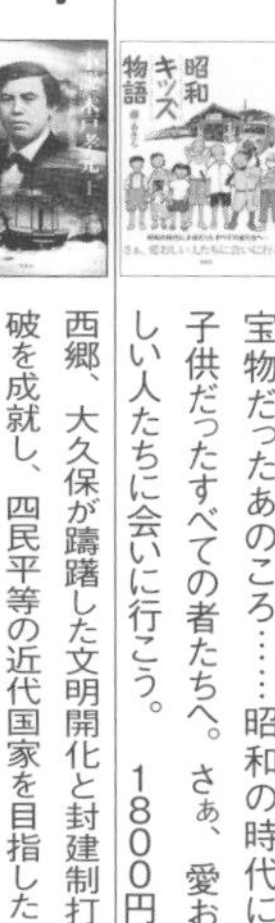

西郷、大久保が躊躇した文明開化と封建制打破を成就し、四民平等の近代国家を目指した木戸孝允の生涯を描く大作。　3500円

「へうげもの」で話題の“古田織部三部作”

久野 治（NHK、BS11など歴史番組に出演）

新訂 古田織部の世界　2800円

千利休から古田織部へ　2200円

改訂 古田織部とその周辺　2800円

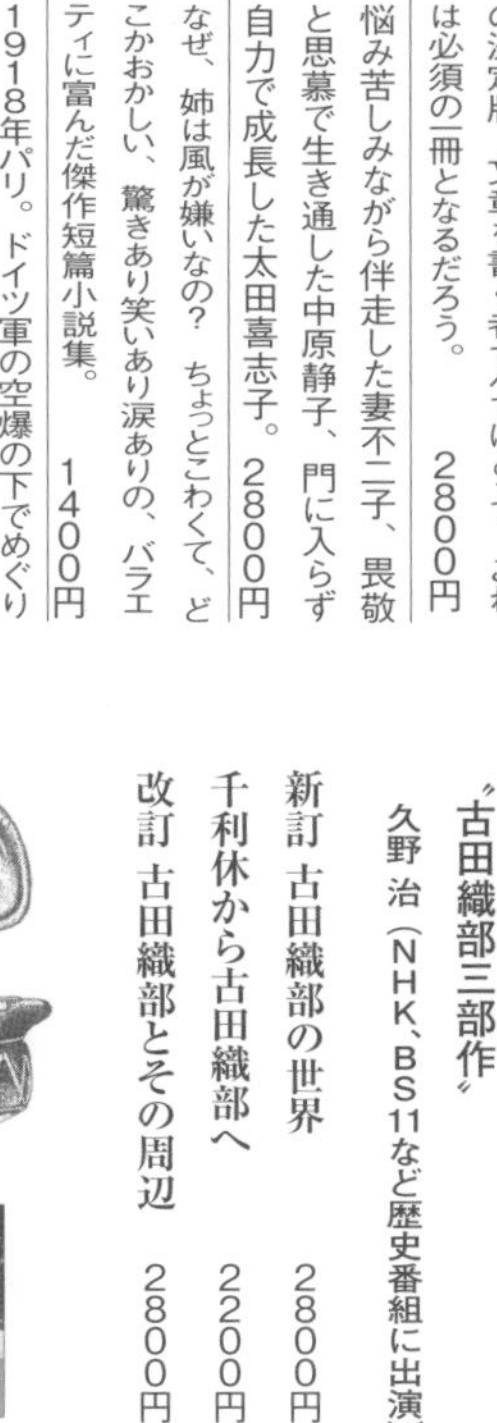

ドイツ詩を読む愉しみ

森泉朋子編訳

ゲーテからブレヒトまで　時代を経てなお輝き続ける珠玉の五〇編とエッセイ。　1600円

ドイツ文化を担った女性たち

その活躍の軌跡　ゲルマニスティネンの会編

（光末紀子、奈倉洋子、宮本絢子）　2800円

芸術に関する幻想

W・H・ヴァッケンローダー

毛利真実 訳　デューラーに対する敬虔、ラファエロ、ミケランジェロ、そして音楽。　1500円

詩に映るゲーテの生涯〈改訂増補版〉
柴田 翔

小説を書きつつ、半世紀を越えてゲーテを読みつづけてきた著者が描く、彼の詩の魅惑と謎。その生涯の豊かさ。 1500円

ペーター・フーヘルの世界—その人生と作品
斉藤寿雄（週刊読書人で紹介）

旧東ドイツの代表的詩人の困難に満ちたその生涯を紹介し、作品解釈をつけ、主要な詩の翻訳をまとめた画期的書。 2800円

ヘーゲルのイエナ時代 理論編
松村健吾

概略的解釈に流されることなくあくまでもテキストを一文字ずつ辿りヘーゲル哲学の発酵と誕生を描く。 4800円

生きられた言葉
—ラインホルト・シュナイダーの生涯と作品—
下村喜八

シュヴァイツァーと共に20世紀の良心と称えられた、その生涯と思想をはじめて本格的に紹介する。 2500円

ヘルダーのビルドゥング思想
濱田 真

ドイツ語のビルドゥングは「教養」「教育」という訳語を超えた奥行きを持つ。これを手がかりに思想の核心に迫る。 3600円

ニーベルンゲンの歌
岡﨑忠弘 訳（週刊読書人で紹介）

『ファウスト』とともにドイツ文学の双璧をなす英雄叙事詩を綿密な翻訳により待望の完全新訳。詳細な訳註と解説付。 5800円

二〇一八 改訂 黄金の星（ツァラトゥストラ）はこう語った
ニーチェ／小山修一 訳

詩人ニーチェの真意、健やかな喜びを伝える画期的全訳。ニーチェの真意に最も近い渾身の全訳。 2800円

『ドイツ伝説集』のコスモロジー
植 朗子

ドイツ民俗学の基底であり民間伝承蒐集の先がけとなったグリム兄弟『ドイツ伝説集』の内面的実像を明らかにする。 1800円

ゲーテ『悲劇ファウスト』を読みなおす
新妻 篤

ゲーテが約六〇年をかけて完成。著者が明かすファウスト論。 2800円

ギュンター・グラスの世界
依岡隆児

つねに実験的方法に挑み、政治と社会から関心を失わなかったノーベル賞作家を正面から論ずる。 2800円

グリムにおける魔女とユダヤ人
奈倉洋子 —メルヒェン・伝説・神話—

グリムのメルヒェン集と伝説集を中心にその変化の実態と意味を探る。 1500円

フリードリヒ・シラー美学＝倫理学用語辞典 序説
ヴェルンリ／馬上 徳 訳

難解なシラーの基本的用語を網羅し体系化をはかり明快な解釈をほどこし全思想を概観。 2400円

新ロビンソン物語
カンペ／田尻三千夫 訳

18世紀後半、教育の世紀に生まれた「ロビンソン・クルーソー」を上回るベストセラー。 2400円

東方ユダヤ人の歴史
ハウマン／平田達治・荒島浩雅 訳

その実態と成立の歴史的背景をこれほど見事に解き明かしている本はこれまでになかった。 2600円

ポーランド旅行
デーブリーン／岸本雅之 訳

長年にわたる他国の支配を脱し、独立国家の夢を果たしたポーランドのありのままの姿を探る。 2400円

東ドイツ文学小史
W・エメリヒ／津村正樹 監訳

神話化から歴史へ。一つの国家の終焉はその文学の終りを意味しない。 6900円

モリエール傑作戯曲選集2
柴田耕太郎訳（ドン・ジュアン、才女気どり、嫌々ながら医者にされ、人間嫌い）

現代の読者に分かりやすく、また上演用の台本としても考え抜かれた、画期的新訳の完成。 2800円

イタリア映画史入門 1950〜2003
J・P・ブルネッタ／川本英明訳（読売新聞書評）

映画の誕生からヴィスコンティ、フェリーニ等の巨匠、それ以降の動向まで世界映画史をふまえた決定版。 5800円

オットー・クレンペラー 中島 仁
最晩年の芸術と魂の解放
―1967〜69年の音楽活動の検証を通じて―

20世紀の大指揮者クレンペラーの最晩年の姿を通して人間における音楽のもつ意味を浮かびあがらせる好著。 2150円

ある投票立会人の一日
イタロ・カルヴィーノ／柘植由紀美訳

奇想天外な物語を魔法のごとく生み出した作家の、二十世紀イタリア戦後社会を背景にした知られざる先駆的小説。 1800円

魂の詩人 パゾリーニ
ニコ・ナルディーニ／川本英明訳（朝日新聞書評）

常にセンセーショナルとゴシップを巻きおこした異端の天才の生涯と、詩人としての素顔に迫る決定版！ 1900円

映画で楽しむ宇宙開発史
日達佳嗣（二刷出来）

映画から読み解く人類の宇宙への挑戦！宇宙好き×映画好きが必ず楽しめる宇宙の映画を集めた一冊。 1800円

それとは違う小津安二郎
高橋行徳

『東京の合唱』と『生れてはみたけれど―大人の見る絵本』のおもしろさを徹底解明。 1800円

雪が降るまえに
A・タルコフスキー／坂庭淳史訳（二刷出来）

詩人アルセニーの言葉の延長線上に拡がっていた世界こそ、息子アンドレイの映像作品の原風景そのものだった。 1900円

宮崎駿の時代 1941〜2008 久美 薫
宮崎アニメの物語構造と主題分析、マンガ史からアニメ技術史まで宮崎駿論一千枚。 1600円

ヴィスコンティ 若菜 薫
「郵便配達は二度ベルを鳴らす」から「イノセント」まで巨匠の映像美学に迫る。 2200円

ヴィスコンティII 若菜 薫
高貴なる錯乱のイマージュ。「ベリッシマ」「白夜」「前金」「熊座の淡き星影」 2200円

アンゲロプロスの瞳 若菜 薫
『旅芸人の記録』の巨匠への壮麗なるオマージュ。（二刷出来） 2800円

ジャン・ルノワールの誘惑 若菜 薫
多彩多様な映像表現とその官能的で豊饒な映像世界を踏破する。 2200円

聖タルコフスキー 若菜 薫
「映像の詩人」アンドレイ・タルコフスキー。その全容に迫る。 2000円

銀座並木座 日本映画とともに歩んだ四十五年
嵩元友子・ようこそ並木座へ、ちいさな映画館をめぐるとっておきの物語 1800円

つげ義春を読め 清水 正
つげマンガ完全読本！五〇編の謎をコマごとに解き明かす鮮烈批評。 4700円

AutoCAD LT 標準教科書
2018／2019／2020
2021対応（オールカラー）
中森隆道
25年にわたる企業講習と職業訓練校での実績に基づく決定版。初心者から実務者まで無料動画による学習対応の524頁。 3000円

自律神経を整える食事
胃腸にやさしいディフェンシブフード
松原秀樹
40年悩まされたアレルギーが治った！重度の冷え・だるさも消失した！ディフェンシブフードとは？ 1500円

伸び悩んでいる人のための『学びの奥義』
—教え方のコツ・学び方のコツ—
有田朋夫
勉強、スポーツ、将棋etc、もっと上手にもっと成績をあげたい人へ、なるほどと手を打つヒントがいっぱい！ 1400円

心に触れるホームページをつくる
秋山典丈
従来のHP作成・SEO本とは一線を画しコンテンツの書き方に焦点を当てる。商品企画や販売促進にも。 1600円

"できる人"がやっている"質の高い"仕事の進め方
秘訣はトリプルスリー
糸藤正士
質の高い仕事の進め方にはできる人がやっている共通の秘訣、3つの視点、3つの深度、3つの方向がある。 1600円

人体語源と新音義説
江副水城
前半は人体語150個以上収録の本邦初の本格的人体語源書。後半は旧来の音義説とは異なる新説を披露。 2400円

現代アラビア語辞典
——アラビア語日本語
田中博一／スバイハット レイス 監修
本邦初1000頁を超える本格的かつ、実用的アラビア語日本語辞典。見出し語1万語以上で例文・熟語多数。 10000円

現代日本語アラビア語辞典
田中博一／スバイハット レイス 監修

見出し語約1万語、例文1万2千以上収録。日本人のみならず、アラビア人の使用にも配慮し、初級者から上級者まで対応のB5判。 8000円

AutoLISP with Dialog 中森隆道
AutoCAD LT 2013 対応 即効性を明快に証明した本格的解説書。 3400円

開運虎の巻 街頭易者の独り言 天童春樹
三十余年六万人の鑑定実績。あなたと身内の運命と開運法をお話しします 1500円

成果主義人事制度をつくる 松本順市
30日でつくれる人事制度だから、業績向上が実現できる。（第11刷出来） 1600円

腹話術入門（第4刷出来） 花丘奈果
発声方法、台本づくり、手軽な人形作りまで一人で楽しく習得。台本も満載。 1800円

南京玉すだれ入門（2刷）花丘奈果
いつでも、どこでも、誰にでも、見て楽しく演じて楽しい元祖・大道芸を解説。 1600円

新訂版 **交流分析エゴグラムの読み方と行動処方** 植木清直／佐藤寛 編
交流分析の読み方をやさしく解説。 1500円

楽しく子育て44の急所 川上由美
これだけは伝えておきたいこと、感じたこと、考えたこと。基本的なコツ！ 1200円

初心者のための蒸気タービン 山岡勝己
原理から応用、保守点検、今後のヒントなどベテランにも役立つ。技術者必携。 2800円

はどの階で降りるのか。一旦一階まで降りて、なぜ再び乗り込んできたのか、と少し緊張する。

理沙ちゃんは相変わらず薄汚い感じがする。私のスーパーの袋をちらちら見ていたが、「ああっ、遊んだ先生だよね」と女の人達を見て急にそう叫んだ。

五階につきドアが開く。私は降りてからハッと気がついた。女の人達は役所関係の人かも知れないと。よく顔を見ようとしたが、ドアが閉まってはっきり見えなかった。雰囲気から察してそんな気がした。

しばらくその場にいて、上の階の話し声に耳をすます。智美ちゃんの声と女の人達が何か小声で話しているのが分かる。学校は楽しいか、とか、お母さんと話せるか、などが聞こえてくるけれど、すぐに何も聞こえなくなった。

仕方なく部屋に入った。キッチンで買ってきたものを分別しながら、さっきのことを考えた。絶対に役所の関係者とは言いきれない。「遊んだ先生」と理沙ちゃんは言っていたから、小学校か幼稚園の先生かも知れない。けれど小学校の先生なら、姉の方が挨拶でもするだろう。理沙ちゃんだけが知っているような感じだった。やはり役所関係の人たちか。それならひと安心だ。早く保護するなり何なりしてあげてほしいものだ。

ぼんやりしていて、冷蔵庫に缶詰を入れたり、棚にレタスを置こうとしていた。まったくどうかしている。

「おい」

ふいに後ろから夫の声がした。

「びっくりするじゃない」

私は本当に驚いてレタスを床に落とした。

「亭主が声をかけたのに、そんなにびっくりするかね」

「あなた、寝ているると思い込んでいるもの。どうしたの」

「まだ四時か。痙攣がひどくて目が覚めた」

夫は溜め息をつき、椅子に腰掛けた。

「昼前に寝付いたと思ったら、このざまだ。昨日の夜中は、ウォーキング中も、テレビを見ていても軽く痙攣があった。こういう時は、すっきり眠ることが難しいんだ。前にももっと苦しい時があった」

頭を抱えながら夫は私に状況を伝えた。そう言われても私には何もできないが。

「……病院の予約はいつ？」

「まだ一週間ある。ああ、いやだ」

夫は立ち上がり、足踏みをしている。そうすると、痙攣が軽くなる気がするらしい。

「パーキンソン病と同じ薬が一部出されている。むずむず足症候群とパーキンソン病は違うって、医者は言っていたけどなあ。対症療法しかないのかなあ」

夫の体調が悪いと相手をしているこちらも気分が滅入ってくる。共倒れにだけはなるまいといつも思う。何か話そうとしたところに家の電話がなる。長女の絵里からという表示が電話の中央にでる。受話器をとった。

「もしもし、絵里。まあ、ずいぶん久しぶりね」

そう言うのも聞かないで、絵里は、泣きながら離婚をしたいという内容を私に伝えた。

びっくりして、すぐに私は役所に向かった。絵里が市役所の離婚相談の日を確かめてほしいと言ったからだ。家から役所に電話で聞いてもよかったのだけれど、夫があいう状態なので、あまり心配させたくなくて、とにかく私は役所にやってきた。役所は五階建ての新しい建物だ。一階の受付に行く。

受付で聞き三階へ行く。係の人に離婚相談の日程を聞く。予約はできず、相談日にここへ来た順に時間を割り振られるということだ。私が当事者に代わって聞くことは可能とのことだった。

長女は、夫が家にお金をいれずにバーかどこかで遊んでいた、というようなことで喧嘩になり、離婚を口にしているのだ。本当に離婚を考えているようには感じられない。もちろん放っておく訳にはいかないけれど。そうだ。ついでに子ども相談室を見てみよう。二階だったはずだ。

二階に行くと福祉関係の一角にそれらしいコーナーがあった。あっ、さっきマンションのエレベーターで見かけたような女の人達がいる。そうか。約束を守ってなんとかしようとしているのだ。それだったら、理沙ちゃん達のことは一歩すすむだろう。それにしても今日は出来事の多い日だ。

マンションに帰ると、夫は少し落ち着いて食事をしていた。目を刺激しすぎるのもよくないんじゃないかと思ったとのことで、テレビもパソコンもつけずにいる。

「気がまぎれるならコンビニにでも出掛けてみない。歩くのが苦痛ならしない方がいいけれど」

「うーん、もう少ししてからでいいか。九時頃」

夫はそう言った。私と出掛けることなどほとんどしないのだけれど、今日は起きた後調子が少しましになったのかも知れない。今夜は夜遅くなら二人で出掛けてみようと思ってくれたようだ。九時なんて、私はそろそろ風呂に入ってゆっくりし、その後は布団にでも入りたい時間なのだけれど。私が言いだしたのだから九時まで待って出掛けよう。仕方がない。

コンビニに夫とふたりで向かった。絵里には歩きながら携帯電話でまた話した。結局、自分の暮らす所で相談してみると絵里は決めたようだ。夫が横から、もう何でも自分でしろよ、と携帯に向かってそれだけを言っていた。一度ゆっくり話しにおいで、と私は言い電話をきった。

「絵里はいくつになったかな」と夫。

「もうすぐ三十八よ。結婚して八年。結婚してからしばらくはまだ子どもはいらない。仕事が面白い、なんて、あの子言って。年齢があがると妊娠はしにくくなるって、私よくアドバイスしてやっていたのに……。蓄えていたお金は結局ほとんど不妊治療に使ったんですって」

私は絵里についての不満が爆発してしまい次々と話した。

「難しいなあ、女の生き方もなあ」

夫が真面目に言う。当たり前だが男親はやはり娘が可愛いのだろうと私は感じた。

コンビニには割りあい人がいた。夫は目を使わない方がいいと言っていたのに、雑誌のコーナーへ一番に行き本にかじりついている。私はパックに入った惣菜のコーナーへまわった。

なんと、そこには坂上家の姉妹と両親がいた。父親は無精ひげで部屋着のような灰色のトレーナーの上下を着ている。母親は子ども達よりもましな服装だが、長い髪の毛が薄汚れた感じがする。そっと離れて家族の様子を見る。かごにはすでに何かが入っている。ホットケーキミックスや小麦粉のようなものが見える。できあいのものを買うのか、と思ってみていたが、手にとって見てはいるが、買う様子はなかった。夫は私の様子に気付き横に来た。そして坂上家の四人を見た。


しばらくして坂上家の四人はレジをすませコンビニを出て行った。私達もすぐに店を出た。コンビニの前だけが明るく、後は暗いので坂上家の人達はすぐに見えなくなった。

「こんな時間に子どもを連れて、ああいうものを買いにくるかね。それにあの親たちは子どもに無関心すぎるよな。お菓子の袋を何度もさわっていても注意ひとつしないし。子どものものは全く買ってやってなかったしな」

「そうよね。やっぱり相当変でしょ。どんなもの食べているのかしらね。けれど、親の顔がはっきり分かってよかったかも知れない」

「驚いたらまた調子が悪くなってきた。帰るぞ」

夫はマンションへ向かってさっさと歩き出した。
「本当はついでに、俺の散歩の道をお前に教えてやろうと思ったのだがな」
そう続けて言った。夫は自分に自信がなくなってきているので、もしもの時のために散歩のコースを教えておこうと思ったのだろう。

坂上家の姉妹は、年末年始は全く姿をみなかったので、私はずいぶん心配した。マンション六階の坂上家の二軒隣に住む渡辺さんから、姉妹は母方の祖母のところに行っていたと知らされた。そして三学期が始まってしばらく経った。

今日の夕方、下の道路ですれ違ったが、理沙ちゃんは、ぴかぴかの靴をはき嬉しそうだった。智美ちゃんもきれいな髪飾りをつけたりしていた。親戚が目をかけているなら、まあよかったと胸をなでおろす。私の名前もいつの間にか憶えていて、秋野のおばあちゃんと呼んでくれたりするようになっている。

三月のはじめ。智美ちゃんが、咳をしながらコンビニに夜いるのを見かけた。ひとりだった。何か揉めているようなのでそっと見ていると、コンビニの廃棄処分の食べ物が欲しいと言っているると分かる。風邪の状態も相当ひどそうだ。お腹が空いているのだろう。コンビニとの交渉はうまくはいかないだろうと思う。

私は重苦しい気分で帰ってきた。マンション下の暗いところで、理沙ちゃんが一人でしゃがみこんでいた。声をかけると、お姉ちゃんを待っていると言う。両親はアルバイトだそうだ。

「秋野のおばあちゃん、お菓子持ってない？」

理沙ちゃんは、切羽詰まった感じで言う。

「ああ、あるわよ。……どうぞ」

バッグからクッキーの小袋を出す。理沙ちゃんはパッと小袋を開け、クッキーを口いっぱいにほおばった。涙が出そうになる。何とか感情を抑えた。

「お姉ちゃんは病気じゃない？　咳とかしているでしょ」

「うん」

「薬飲んでいるかなあ」そう言って反応を見る。

「な、わけないよ」理沙ちゃんはきっぱりと言う。

「お父さんは、じっとしていたら治るって、いつも言うから」

ずいぶん話ができるようになってきている。年を訊くと、もう四歳になったそうだ。体が小さいので痛々しい。

「もうオムツはしてないよ。おばあちゃんちでとったから」

「よかった。よかったね」

私は嬉しくて、思わず大きな声をあげた。

「まあね。……おばあちゃん、よく喋るね」

理沙ちゃんは私をじっと見てそう言った。

「あのね、家に帰ったら風邪薬あるはずなのよ。理沙ちゃんに渡すからお姉ちゃんに飲ませてあげてくれない？　すぐ取ってくるから」

「嫌だよ。お父さんに叱られるよ」

理沙ちゃんは急に警戒するような目をして、暗がりの中へとパッと消えた。

部屋へ帰る。夫は、今日もだるそうにしていて、さっき起きた様子だ。坂上の姉妹のことを少し話すが、うんうん、と言うだけだ。

「両親の影響なんだけど、人に対して警戒心が強いの、理沙ちゃんは。お姉ちゃんの方がまだましかも知れない、言い直すとね、人への信頼感っていうのが育っていない気がするの」

「うーん。集団に入れる年齢だな、理沙ちゃんは」

「この前、役所の人に電話したときもそういう話出てね。なんか保育所すすめてるらしいけど、親がうんと言わないらしいわ」

「なんでだよ」

「ほら、色々そろえなきゃだめでしょ。着替えやバッグや。連絡帳や。そういうの、そろえられないんじゃないかな。たぶん」

私の想像は当たっていると思う。

「親戚だっているんだろ。何考えてるんだか」

と夫も心配顔で言う。

重苦しい雰囲気が流れる。

「私やっぱり市販の風邪薬、持っていくわ、坂上さんの家に」

夫が、ええっ、と言ったようだが、私はキッチンわきの棚から薬の入った青いプラスチックのかごを探っていた。総合の風邪薬の箱を見つけ、使用期間がすぎていないことを確かめ、小物いれに入れ、夫が何かを言うのも聞かず、私はつっかけを履いて廊下に出た。

エレベーターですぐ上の階に上がり、坂上家のドア前まで足早にすすむ。一息ついてインターホンをならした。誰もでない。中は明かりがついていない様子だ。ぼんやりと人の気配を感じたが、私自身の高血圧からくる体の揺れのせいかも知れない。もう一度インターホンをならしてみる。反応はない。心配で薬をもってきたというのに……。

小物入れからメモ用紙を取り出し、《秋野という者です。五階にすんでいます。智美ちゃんの風邪が気になって、おせっかいかもしれませんが、お薬を持ってきました。どうぞお大事に》と書き、薬の箱と一緒にドアの郵便受けに入れた。

しばらくその場にいたが、何の進展もないので仕方なく五階の私の部屋に戻って来た。

「誰もいなかった。信じられない」

ペタリとキッチンの椅子に腰かけると、

「思い付きで行動してもなあ。……あんたは、フットワークはいいが、おおざっぱなんだからな」

夫は自分も少しがっかりしているくせに、私の悪口を言った。

重苦しい空気が流れる。

「何か食べたいものある？　お鍋の準備はしてあるわよ」

話を変えてみる。

「鍋か」

「あったまるわよ。鶏肉と白菜と、白ねぎときのこ」

「牡蠣とかはないのか」

「冷凍ならあるけどおいしいかしらね。食べるならすぐに解凍するわ」

「うーん。どっちでもいいか」

夫は洗面所に向かった。

「ねえ。お菓子、あの子たちにこんなに頻繁にあげるのって、どうなのかしらね」

「うーん」夫の声。難しいな、と続いて声がする。

「けど、渡辺さんもあんまり可哀相だから、お菓子をあげているって。渡辺さんっていうのは、六階に住む人」

夫は戻ってきた。

「同じ階だったら、毎日のように、お前、話すだろうな、あの姉妹のこと」

からかうように言う。

白菜や白ねぎを切りそろえながら、思い出したことがあった。

「ふと思ったんだけど、坂上家はまるで冬瓜にまだ産毛がついているような状態ね」

「何？　冬瓜。産毛……」

「冬瓜にはね、産毛が生えてるのよ、びっしりね。昔おばあさんの畑でね、冬瓜の収穫を手伝ったことがあったの。まだ小学校の低学年かな、そのくらいの年。おばあさんは、取りたての冬瓜には細かい産毛があるので、素手ではさわらないようにって言って。私は手袋をつけさせられた。市場へ出す前にタオルで産毛をこすり落とすのよ、丁寧にね」

「ほお？　知らなかったよ」

「私は子どもだから産毛を落とす作業はしていなかったけれど、荷台に積む作業は手伝っていたの。ある時手袋を忘れて冬瓜をさわったら、指に産毛が刺さってね。棘なら抜けるだろうけど、細かい産毛は抜けなくて。じっと我慢していたの、一日中。虫に刺されたような痛みが続いたのよ。次の日にはよくなっていたけれど、あの熱をもったような不快な痛みの感覚は忘れられなかったわ」

「そんなことがあったのか」

「ええ。坂上家は、冬瓜のような、りっぱな大きなマンションの家よ。けれど、うっかりさわるとんでもないことになるの。冬瓜の産毛のように、じくじくと人を傷つけるのよ」

「うーん。ならあまり関われないな」

「そんなわけにはいかないわ。私は小学生じゃあないし。昔おばあさん達が協力してやっていたように、産毛をこすり落とさなきゃ。ただひとりでそれをするのじゃなくて、役所の人やこのマンションの人達と一緒にね。ひとりでできる程簡単なことじゃないと思うの、子ども達を守るってことはね」

「産毛をこすり落としてつるつるにしたところで、どうなるのやらと思ってしまうけれどな」

「そうね。もう冬瓜の中身はひどいことになっているかも知れないわね。けれど、放っておけば、必ず腐るわ。今ならまだ食べられる状態かも知れないじゃない」

私はまた役所に連絡をいれないといけないと考えた。

「もう一回坂上さんの家に行ってみようかしら」

「あんた、さっきから顔色よくないぞ。言わなかったけど」

「そんなことより心配なのよ」

「心配は分かる。けれど今夜はおいておけよ」

夫に逆らえず、あらかたの片付けをすませ、床についた。

何時頃だろうか。夫が、久美子、久美子、と声をかけるので、目を覚ました。

「ほら、こんなものが部屋の郵便受けに入っていたぞ」

とメモのようなものを私に見せた。

「読んでよ。老眼鏡、あっちの部屋だし」

「えっとな。風邪の薬、ありがとう。お父さんが一日分だけもらっておきなさいというので九じょう、もらいます。ありがとう。智美。そう書いてある。これがお前が持って行った薬の箱だなあ」

「智美ちゃんが？　手紙書いてくれたの」

私は布団から起き上がり、夫から小さい紙きれと薬を受け取った。夫は、

「これで安心して眠れるな」

とほっとした様子だった。

役所にはすぐに連絡をした。相談員の森さんが熱心に私の話を聞いた。コンビニでの様子や、病気のこと、メモのような手紙のことを話した。電話の受け答えの様子から、このマンションからの通報者はたぶん私だけだと感じる。騒いでいる人は多いのに、ちゃんと動く人っていうのは少ないものなのだ。マスコミ報道で子どもの虐待のことは毎日のように知らされているというのに。

それから数日後、図書館へ行こうと一階へ下りて行くと、若い女の人が理沙ちゃんとマンション外の通りで話しているのに出くわした。役所の関係の人だと感じる。

その少し離れたところで道路の掃除をしていた渡辺さんが、銀のフレームの眼鏡をかけなおし

ながら私に近づいて来た。

「保護するのかと思ったけれど、遊ぶだけですって、あの女の人。たぶんお役所の人よ。お役所は何を考えているのやら」

「前に保護のことをテレビで見ましたけれど、保護して落ち着いた頃に、また家庭に戻す時が大変なんですって」

小声で言う私に、

「戻す必要なんてありませんよ、そう思いません」

と渡辺さんはきっぱりと言った。眼鏡のフレームがきらっと光る。何だか少し怖い。

理沙ちゃんには聞こえていなかったようで、女の人と親しげに手を繋いで歩いて行った。

「まったく何をしているんでしょうね、お役所は」

渡辺さんはいらついた様子でそう言い、ほうきの柄の先を片手で道路にうちつけた。

渡辺さんと別れてから考えた。役所の人は遊びの中で、理沙ちゃんの様子を見ているに違いないと。親からこの子ども達への暴力というものは把握できない、と前の電話で森相談員から聞いた。けれどこの環境で、もし最悪の出来事が今おこったらどうするのだろう。

次の日の夕方、ベランダにいると、坂上家の子どもふたりが通りを歩いているのが見えた。智美ちゃんの病気はよくなった様子だ。理沙ちゃんは、ガタガタのベビーカーらしきものに乗っていて、智美ちゃんがそれを押してどこかへ行こうとしている。もう壊れてもおかしくないようなベビーカーだ。私は慌てて後を追った。

なんと二人は役所の中へ入り、ベビーカーを置いて、エレベーターで二階に上がっていった。

ああ、子ども相談室に行くのかも知れない、と勝手に思う。階段で二階に駆け上がると、二人は若そうな職員と話しているところだった。

視線を感じたので、その人物に向かっておじぎをすると、森というネームプレートをつけた人がこっそりと私の方に近づいてきた。子どもふたりは若い職員と別の階段から上の階へと上がっていくのが見えた。

「あの、私、秋野です。森相談員さんですね」

そう言うと、

「ああ、いつもありがとうございます」

森さんは丁寧に挨拶をされた。

「マンションからこちらに行く様子が見えて、なんだかついてきちゃいました。変なベビーカーに乗っていましたし」

「あれは」と森さんは笑顔になった。

「忘れ物で処分寸前のものを坂上のお母さんが欲しいと言われて……。お母さんとも繋がりが必要なので、お譲りしたんですが。相当ぼろがきていますね」

「そうだったんですか。私びっくりして。今日は何かするんですか、あの子たち」

「お母さんの許可を得て時々遊ぶようになってきたんです。私も上のプレイルームへ行ってきます。上には体重計もあるので成長具合も見ることができ始めました」

「ごめんなさい。お仕事の邪魔をしたみたいで」

「いいえ、いいえ。電話だけの繋がりを少し寂しく思っていたので、いい機会でした。すぐに分かりました、秋野さんだと」

「そうでしたか」

私は少し安心してその場を去った。


夫と坂上家のことをゆったりと話すようになっていたある日の夜。インターホンの音で驚かされた。智美ちゃんが理沙ちゃんを抱いて泣きそうな顔で私の部屋の前に立っていた。

「どうしたの、智美ちゃん」

「理沙がすごい熱でゼーゼーいってるの。お母さん帰らないし、お父さん仕事で遠くなの」

「理沙ちゃん」

私が声かけしてもどんよりとした目で息も荒い。私は理沙ちゃんを抱き部屋に入った。

「あなた。ちょっと来て！」と夫を呼んだ。

夫はすぐに寝室から出てきた。事情を話すと、私と同じように思ったのか救急車を呼ぼうと言った。智美ちゃんは、不安そうだが反対する様子もなかった。

マンション一階の道路ぎわで救急車を待った。夫は母親が帰り次第病院へ連れていくと言ってくれた。自動車の運転は嫌がっていたはずなのだが、自分の運転で連れていくと言ってくれた。

「あなたのこと、お母さん知らないと思う。そうだ。六階の渡辺さんにすぐ状況説明しに行って。渡辺さんからお母さんに言えば、落ち着いて聞くと思う、お母さん」

救急車が来た。智美ちゃんは自分も行くというので隊員に事情を説明し乗っていくことにさせてもらった。

理沙ちゃんはうなされながら時々、お母さん、と言っていた。それを聞いて智美ちゃんまで涙ぐんでいた。こんな非力な子ども達をこれからどう守っていけばいいというのだろうか。

理沙ちゃんを医者に任せ、夫の携帯電話に連絡をいれ病院名を知らせた。しばらくすると、夫は理沙ちゃんのお母さんを車に乗せて病院へ来た。渡辺さんがちゃんと話してくれたとのことだった。

「悪かったわね、あなた。体調が悪いのに」

そう言うと、

「昼間だと動けなかったな。夜は大丈夫だよ。活躍できる」

冗談っぽく夫は言った。

理沙ちゃんのお母さんだけでは心配なので、私も付き添いをしようかと看護師長に話に行くと、母方のおばあさんがこちらに向かっているとのことだった。私と夫は少し安心した。けれど理沙ちゃんはしばらく入院が必要という病状だということだった。私は明日朝いちで役所にも連絡を入れると看護師長に話した。

「実は三年ほど前お母さんがここに入院していたことがあって、家庭の様子は分かっています。私からも役所の保健師に連絡をいれますね」

看護師長はそう言ってくれた。偶然同じ病院に繋がったことで、この先、いい運があるかも知れないと思った。

次の朝、子ども相談員の森さんに電話を入れた。保健師にはまだ連絡がきていなかったようで私なりに詳しく説明した。

その日の夕方、気になって理沙ちゃんの見舞いに行った。ちょうど森さんが訪問に来ていたので、病院一階のホールで話すことにした。理沙ちゃんの祖母らしき女性が付き添う形で理沙ちゃんの回復を待つことになった、と森さんから聞いた。

「児童相談所の職員や地区担当保健師、それに私たちで会議を開きます。もう何回もしていたのですが。今回、私たちが様子を見るため役所で遊んでいてもこういうことになりましたので、やはり児童相談所に保護という形になると思います。おばあさんもさっき了解する気持ちを私に伝えてくれました。たまに預かることはできても、それだけではダメだと思われたようでして。生活のために働いておられるそうですし」

「ああ、みんな大変だからこうなっているんでしょうね」

森さんの携帯電話がなった。ちょっと失礼します、と言って森さんは少し離れて電話に答えている。仕事は終わっている時間なので私用のようだった。

「だから大ちゃん、カレーを温めて食べてね。朝言ったとおりにしてね。分かった。えらいねえ、大ちゃん」

森さんの家族にしてはずいぶん幼い相手のようなので、私は違和感を覚えた。

電話を切ってから森さんは、

「うちには少し遅れのある子どもがいるんです。もう十八です」と話した。

「そうだったんですか。色々ありますね。ああ、だからですか、何かとても坂上さんのおうちに親切な感じがしていました。お役所のイメージ変わりましたから」

「ありがとうございます」

森さんは少し微笑んだ。けれどすぐに俯いてしまった。

「理沙ちゃんは可愛くて。うちはさっきの電話の息子ひとりなもので。女の子がほしかったです。歌も上手で……」

「理沙ちゃんがですか？」

「ええ。智美お姉ちゃんも、私がミニピアノで童謡を弾くと、すぐに覚えてピアノを弾くんですよ。理沙ちゃんの好きそうな歌は、智美ちゃんがちゃんと分かっていて何度も弾いてあげていました。いい姉妹ですよ、とっても」

　そう言い終わると、森さんは、気持ちを切り替えるように、ホールから見える病院の木々を見た。

　森さんと別れてから私は理沙ちゃんの顔をもう一度見てマンションに帰った。

　マンションで待っていた夫に理沙ちゃんの様子や森さんのことを話した。

「全く何も問題がない家っていうのは少ないかも知れないね。うちだって、俺がこんなだしなあ」

　夫は少し笑った。今回の夫の働きは私には嬉しいものだった。

「忘れていたよ。久美子は子ども好きだったたってこと」

「まあ。今更なあに」

「坂上家という冬瓜は、少し産毛が取れ始めたかな」

「ああ、冬瓜の産毛の話。そうねえ。これからどうなるのか。でも病院も行政も私たち近所の者も、もう油断しないから。きっと何とかなっていくわ。冬瓜の中身もまだ腐ってはいない気がする。理沙ちゃんもお姉ちゃんも、お母さんのこと好きなんだもの」

　そういう私に夫は何も言わず頷いていた。

　四月に入ってしばらく経った頃、ベランダで何気なく下の通りを見ていると、小学校の制服姿の智美ちゃんとお父さんが、マンションとは反対側の駅の方へ向かっているのが見えた。何だか気になり私もマンションの下まで降り、通りに立っていた。

しばらくすると智美ちゃんがひとりでもどってくるのが見えた。

「秋野のおばあちゃん！」と智美ちゃんの大きな声が下からした。

「智美ちゃん。そこにいて」

私はそう言って、マンション横の橋の所まで急いだ。

「六年生になったのね。今日はもう授業は終わっているの？」

「今日は創立記念日で、午前中だけ集まりがあったの。五十周年だって。お父さんが仕事先から帰ってきて一緒に学校へ行っていたんだ」

「そうなの。お父さんが帰ってきていたのね。で、今はお父さんは……」

「仕事に戻ったよ。住み込みの工事現場」

智美ちゃんはあっさりとそう言った。そして、

「理沙は病院からそのまま施設に行ってしまったし。お母さんも働きだしたよ、弁当工場」

と言った。

「ああ、何かそういう話、だれかから聞いた気がする」平常心を装いながら私は言った。

「役所の森さんでしょう？」

「ううん。病院の誰かからだったと思う」

私は森さんからも聞いていたが、なんとなく触れたくない気持ちだった。

「まあいいんだけれどね。お金がいるからね、うち。……私はね、理沙の面倒をみていたから、

お父さんやお母さんが側においていたんだよ」

「そんなこと誰かが言ったの？」

「だってお父さんはああ見えて理沙を可愛がっていたんだから。理沙がいなくなったから、家に帰ってもつまらなそうにしているよ」

「でも今日は智美ちゃんのために戻ってきてくれたんじゃあないの。智美ちゃんは覚えていないかも知れないけど、小さいときはかまってくれていたと、おばあちゃんは思うよ」

「うーん。まあうちの事情は普通じゃないからね。ぼうっとしているしね、私もお母さんも」

智美ちゃんは私の方をじっと見て言った。

「そんな。智美ちゃんはしっかりしているよ」

森さんから、智美ちゃんはピアノが上手だと聞いていたのを思い出しながらそう言った。

その時私は橋の下の河原から、子どものはしゃぐような声を聞いた。その声の方を見ると、小さい子どもを連れた若い男女が見えた。親子で散歩をしている様子だ。いつの間にか日が暮れだしていて、その家族が遠くの夕陽に照らされ、後ろ姿が黒い塊のようになっていった。非日常的な雰囲気の中にぽつりと置いてけぼりをくわされたような感じだ。

それを見ているのは私だけかと思ったが同じように智美ちゃんも見ていたようだ。

「あんな所にいないで早く帰ればいいのに。怖いよね」

「そうねえ」

私はそう言ったが、智美ちゃんも理沙ちゃんと夜の街を歩き回っていたのだ、と思い出していた。

「ほんと言うとね。暗くなってから理沙を連れ歩くの、結構大変だった。けど、うちテレビもないし、理沙がふたりだけじゃ嫌だと言って機嫌を悪くしたから、ああするしかなかったんだよ、おばあちゃん」

「そうだったの」

私は言葉につまった。

「もう会えないのかなあ、理沙に」

「そんなことないよ。今までずっと一緒にやってきた姉と妹じゃない。会えないなんて絶対にない。おばあちゃん、そう思うよ」

私はもっといい言葉をかけたかった。けれどできなかった。

四月の終わり頃、智美ちゃんは急に母方のおばあちゃんの家の近くにお母さんと引っ越すことが決まった。大きな旅行カバンに色々詰め込んだかんじでお母さんとマンションを出ていった。

ベランダから見送っていると、智美ちゃんは急に私の方を見て軽く手を振ってくれた。私も同じように手を振った。声をかけることができなかった。

数日後、久しぶりにマンションの外の道で、渡辺さんに会った。

「秋野さん。あなた本当に坂上さんに親切にしていたのね。理沙ちゃんのお見舞いにもよく行っていたんでしょ」

「元気になってくれて良かったです」

「理沙ちゃん、児童相談所に保護されたわね、ついに」

「ええ」

「知ってる？　養子先を探すってことよ」

「あんなにお母さんを慕っていても、離されるしかなかったんですね。命を守るってことは簡単なことじゃあないですものね」

私はそう自分に言い聞かせるように言った。

渡辺さんが小声で言う。

「智美ちゃんもおばあちゃんの家のすぐそばで暮らすってことになったのよ」

「荷物をまとめてマンションを出ていくとき、見ていました、ベランダから」

私も渡辺さんと同じような小声になっている。

「そうだったの。私が言うのも変かも知れないけれど、あっけないわねえ、家族がばらばらになるのって」

渡辺さんはいつになく、しんみりと言った。彼女なりに坂上家のことを気にかけていたのだろう。

しばらくして坂上家の部屋は父親の親戚が譲りうけるらしいことが分かった。

そんなことを夫と話している。

「こんな形になるかも知れないと思っていたけれど、なんだか寂しいわ」

「あんなに心配していたんだから、まあいい方向に行ったと考えなきゃ」

そうよね、と言ったものの、もっと何かあの家族にしてあげることがあったような気がしてならない。夫に次の言葉が出てこない。

息苦しくなったのでベランダに出た。去年の暮れごろから育てているバジルの鉢植えの葉が透き通るような緑色になっている。この葉をオリーブオイルでいためれば肉によく合ういいソースができるだろう。

私は夫に、

「お菓子ばかりあげていないでバジル味のお肉をちょっとご馳走してあげればよかった、智美ちゃんたちに」

とベランダから振り向いて言ってみた。

「あんな状況じゃあ、無理だったんじゃないか、肉を食べさせてあげるなんてことは」

夫は部屋の中で、私の顔を見ないで言った。

「だってわいわいがやがやレストランで食べ散らかしている子どももいるじゃない。智美ちゃんも理沙ちゃんも一生懸命生きていたのに。なんか世の中不公平すぎる」

私は怒りの感情を抑えにくくて困った。ベランダにいても気は重くなるばかりだ。

夫は、うーん、と言って私を見た。そして急に、いつの間にか手にしていた役所発行の広報紙を広げて私に見せた。

「知らないだろう。役所の一階にあった食堂が閉鎖する」

「知っているわよ」

「その後に、こんなものができるんだよ」

夫が広げたページには、『遊びの広場』が九月から開設されると大きく報じてあった。

「家にいる小さな子どもとお母さんのための広場って書いてあるよ」

私は老眼鏡をかけながら部屋に入り広報紙を、どれどれ、と言って見た。

「よく見てみろよ。子ども相談室も関わるって書いてある。森さんも頑張っているんだぞ」

「ほんとだ。いいわねえ。そうなの。ええっ。ボランティアスタッフ募集だって。誰でもいいって書いてある」

「そうだよ。森さんから何も聞いてなかったんだな」

「だって必死だったから。理沙ちゃんたちのことで」

「やる気があるなら連絡してみたらどうかな」

「こんなおばあちゃんなのに」

「何を言ってる。元気があふれているじゃないか」

「本当？　……行ってみようかな、役所に、話を聞きに」

「冬瓜の産毛だって、今の久美子だったらチクチクしないぞ」

「そうかしら」

私は、夫に冬瓜の産毛のことを話してから、どのくらいの時間が経ったのかも思い出せなかった。

「あなた、ありがとう」

私が広報紙を手に立ち上がると、夫は応援するようにガッツポーズをしてみせた。夫も少しずつ元気になってきた気がして嬉しくなった。これからできることは私にも夫にもあるはずだと思えてきた。

書き置きの行く方

仕事を退いた後は、少しは心身ともに豊かな生活が送れるのではと暢気に考えていた私だが、その期待は簡単に打ち砕かれていた。

親友の八木沙織が私の最近の愚痴に付き合ってくれるというので、彼女の住むN市まで出向くことにした。駅で待ち合わせた。「驚くわよ」と言われていたが何のことやら。大層な相談を持ちかけているのは私だというのに……。駅の自動販売機の前で待っていると、

「真理子」

後ろから声をかけられた。振り向くと、沙織が首から三角巾で右腕を支えて立っていた。

「どうしたの？　その腕」

「やってしもうたの。家の二階からゴロンゴロンよ。上腕部やから飛び上がる程痛かったし」

「いつのこと？」

「二ヵ月ぐらい前のこと。もうすぐギブスもとれるはずやけど」

「重症じゃない。不便でしょ。料理とかどうしているの？」

「簡単なものしか作られへん。ええねんよ、私のことは。真理子の話聞きたいわ」

沙織は早口の大阪弁でそう言ってくれた。

私は東京で育って、大学から大阪なので言葉は標準語だ。最近は大阪なまりもたまにでる。夫は大阪人だが私とは標準語で話す。両親が関東出身だからなのだ。私はその夫と別れたいという気持ちが膨らんでいて、沙織に相談していたのだ。

クリーム色の外壁につたがからんだ落ち着いた雰囲気の喫茶店に案内され、奥の方のテーブルに向かい合って腰掛けブルーマウンテンを頼んだ。

「どこまで本気か分からへんけど。結婚して四十年経って、今さら別れたいって何」

「私達の暮らしの事情は聴いてもらっていたでしょ」

「そうやけど。まとめて、一から言ってみて」

「ふたりの息子は専業主婦の中育て上げた。私が就職したのは、五十歳。今風の共働きとは違うかも知れないけど、手探りでやってきたわ。少し経済的に余裕ができたと思った矢先に夫の定年退職。六十でね。それから三年、私が働いているのをいいことに、高価なカメラを何台も買うし、高額の医療保険に勧められるまま入ったりするのよ」

「時間をもつといろんなことするんやね、亭主いうのは」

タイミングよく運ばれてきたコーヒーの香りが一瞬私を落ち着かせる。

「ふたりの息子さんはどうしているんやった？　確か上の息子さんはもう結婚してたでしょ」

「ええ、ずいぶん前にね。でも子どもはいらないって。どういうつもりなのか、さっぱり分からない。ゆっくり話す時間もとってくれないけれどどね」

「下の息子さんは大学卒業したんよね、この三月に」

「それで就職先が東京。私も退職して夫婦二人になって。急にもう一緒の生活は嫌って考えが膨らんできてしまって」

「なるほどね」

「あの人が退職してからは私だけが働いていたんだから、あの人が家のこと少しずつでもするようになって当然でしょ。それが何年経ってもほとんどできないのよ。ゴミ出しなんて年に数回よ。外の青いゴミペールの場所だって知らないって言うんだから。お城に住んでいる訳じゃあないのに」

私が言うと、沙織がプッと噴き出した。

「笑っていいのよ。ホント喜劇だわよ。やる気がないから覚えないいんでしょ。ふたりで休日にゴミの分別の練習をしたって、ダメよ。そのときだけ。ゴミの日にゴミを出せたためしがないの。しないのが当たり前になっているのよ」

「うーん。散らかしたままでも平気な質だったよね。真理子の亭主。思い出してきたわ。真理子が前から時々ぼやいていたのを」

「あの人、仕事していたときは、平日は家にいなかったからそんなに散らかる事もなかったけれど。仕事を辞めたら一日中自由な時間になったから散らかし放題。それから中年のウェイトレスのいる喫茶店に通ってランチ三昧だったし」

「女性関係ではクリーンな人やったでしょ」

沙織は左手で上手にコーヒーを飲んでそう言った。

「クリーンだと思っているわよ。そのウェイトレスとどうこうなったというのじゃあないのよ。ただそれを含めた外食費がすごかったから」

「大変やったんや。……この三月に真理子が退職してからも変化なかったんやね？」

「喫茶店通いはやめさせたわ。けど出歩いてばかりいる。自分が保護した野良犬の世話も私に押し付けてね。……ねえ、結局女は永久にリタイアできないわね」

「ホンマにね。まあ、うちだって結局未だに料理は全部私の担当やからね。お昼のごはんはまあだかなあ、って歌ってるわよ。私は今ね、ちょっと頼まれた仕事あるんやけど、こんな状態やから待ってもらっているしね」

「頼まれた仕事の延期。そうなの。どんな仕事かまた聞かせてね。沙織も大変ね」

そう話しているところへ賑やかに若い人達が入ってきたので、少し声のトーンを落として夫たちの不満を話し続けた。

会計は私のおごりということにした。沙織はギブス姿なのでお金をさわらせるのは気の毒に思ったからだ。

駅まで送ると言ってくれる沙織と歩いていると、大学生たちが楽し気に歩くのとすれ違う。自然に、大学時代からの親友の高田弘子のことに話が移っていった。弘子は金沢の出身で私たちと同じ大学を卒業してしばらくすると、母親の旅館業の跡継ぎとして金沢で修業をしていた人だ。

「なんかドラマの世界みたいで羨ましかった。けど、夫やった人に浮気されて、離婚して。一人娘を育てて。おかみ業も大変で。波乱万丈で可哀相やったね」

沙織がギブスの腕を摩りながら言う。

「今はおかみ業は引退したらしい。旅館の近くで喫茶店を始めたって、年賀状に書いてあったでしょ」

私も思い出して言う。

「うん。会いたいね、弘子にも。なんかチャンスあったら金沢の弘子に会いにいこか」

「そうしよう」

「ねえ真理子の今までの仕事って、発達の問題のある子どもの見守りや、夫婦の中で精神的に大変な人たちの話し相手と助言っていうのが大きな仕事やったんでしょ」

沙織がじっと私を見て言う。

「そうだったわ。家族関係の相談員だった」

私も沙織が改めて何を言うのかと思いながら彼女を見た。

「それやったら、なんか真理子夫婦の危機も乗り越えるヒントあるのとちがう？」

「自分のことだと簡単にはいかないのよ。そりゃ考えたわ。ここ数年は、すれ違いみたいな生活だったし、あの人が器用じゃないことは今に始まったことじゃないし。せめて話し合いのできる夫婦に戻りたくて色々やってみたけれど……」

「そうやったんや。真理子は真面目で人一倍頑張り屋さんやからね。うーん」

沙織まで考えこんでしまった。

そうこうするうちに駅に着いた。

「また電話で話させてね」という私に「ホンマに思いつめたらアカンよ」と沙織は言った。

そして一時間後には、私はもうスーパーにいて夕食の為に野菜類を買っている。そこへ夫からのメールが入る。

《悪いけどシロの散歩を頼む。まだ帰れないから》とあった。今日は一体どこで何をしているのやら。溜め息をつきながら、家路を急いだ。

玄関の鍵を開け、スーパーで買ってきたものを床に置くと、すぐにシロが駆け寄ってきた。

「退屈していたのね、シロ。すぐ散歩にいこうね」

愛犬のシロに声をかけると、シロは分かったようにしっぽを盛んにふった。

「野良犬のあんたを拾ってきたのはパパなのにね。その後の登録から、予防注射までママがしたんだった。本当に何から何まで……」

シロにぼやくと何かを感じたかのようにシロはキャン！　とないた。

シロを連れて散歩に出た。シロはポメラニアンと何かの雑種のようで、野良犬だと言っても、こんなにきれいなワンちゃんが野良？　と言って皆驚いたものだった。グイグイとシロに引っ張られながら、私はまた嫌なことを思い出していた。

それは働き出して、五年ほど経った頃のことだった。正職員ではなく非常勤の相談員として働きはしたものの、性にあっていたのか、少しずつ人の役に立つ働きができてきたと感じる頃だった。上司から呼ばれ、正職員の補佐的な仕事をしてほしいと言われたのだ。私は正職員の領域を侵したつもりはなかった。そもそも非常勤とはいえ、専門職として働いていたので、正職員の仕事と重なる部分も少なかった。上司にそう言うと、上司はそれ以上何も言わなかった。

けれど私なりにまっすぐに働いていた気持ちに水をさされたような思いは引きずった。めったに夫にぼやいたことがなかったのに、数回夫に仕事のやりにくさを聞いてもらった。けれど夫は、そんなことぐらいどこにでもあるよ、と言い私に気づかうこともなかった。

その頃、私が鉢植えで育てていた、両手に抱えきれないほどの大きさのコリウスのみずみずしい赤い葉を、夫は三センチずつ残し全部刈り込んでしまった。

「私が精神的にまいっているのに、どうしてこんなひどいことをするのよ」

「オーバーな奴だな。来年にむけて準備をしただけだ」

「私はね、私はなぐさめられていたのよ、仕事ですさんだ気持ちをコリウスのおかげで……」

切り取られてゴミ袋に入れられ、萎れた赤い葉を数本、腕に抱えむせび泣いていた。

シロが盛んにリードを引っぱった。私は考え事を中断した。散歩中によく会う柴犬のタロウが前方に見えた。

「あら、シロのお母さん」

タロウのお母さんがいつもの笑顔で声をかけてきた。私も少し笑顔になれた。あんな夫との嫌な思い出なんかに時間をとられているわけにはいかない。

「この時間にお散歩なんて珍しいですね」

私がそう言うと、

「親戚の結婚式だったもので」

そういう言葉が返ってきた。私の親戚にめでたい結婚の集まりなんて全くないわ、とまた悲しくなる。

タロウと別れて小学校の周りをシロと散歩する。もうすぐ運動会があるのだろうか。運動場に白線の跡がいつもより多く見える。息子たちがこの小学校に通っていたのが、とても遠い過去のように感じてしまう。

ひとりで夕食をとり終えて皿を洗っているとき、夫が帰ってきた。

「ああ疲れた。……シロの散歩してくれたか？」

夫はまずシロのことを訊いた。

「ええ。途中でタロウに会ったわ」

「そうか。シロ、シロ」

夫は居間でうたたねをしているはずのシロの所へ行った。私にごくろうさんの一言もないし、あんたはどこへ行っていたのかとも訊かない。いつものことだけれど、こんな味気ない生活は続けられないという思いが膨らむ。

「立花たちと夕方ハンバーガーを食べたきりなんだ。何か作ってくれよ」

「立花さんって高校の同級生だった人？」

皿を洗う手をとめ、そう訊いているのに夫の返事がない。

「とにかくはやく作るわ」

そう答えながら、心の中で、駅前でなんでも売っているのに、どうして買って帰らないのよ、と言い返していた。

出し巻き玉子を作り、かにかまぼこをその皿に添えて居間に運ぶと、夫はいびきをかいて座布団を枕がわりにして眠っていた。

「ねえ、どうするの。食べるの？　寝るの？」

声をかけるが返事はない。溜め息をついてその場に座る。うたたねから目覚めたシロがきょとんとして私を見ていた。

数日後の天気のいい昼間、珍しく夫と向き合って昼食を取り始めた。八宝菜と照り焼きチキン。それにニラスープというメニューだ。私にしては野菜をたくさん使った料理を作ったので、自分なりに楽しく食事をしたいと思っていた。

話さないといけないこともあった。

「伯父さんの三回忌の連絡あったわ。まだ来月のことだけれど日程調整しようね」

私はスープのおかわりをしようと思いながらさらっと言った。

「うーん。三回忌か。はやいなあ。月日の経つのは」

「父さんが亡くなってから母さんの仕事を支えてくれていた人は、親戚の中で伯父さんだけだったものね」

「そうだったなあ」

私の母は東京の下町に店を開け中流の洋品店をし始めたばかりのときに、夫、つまり私の父を亡くし苦境に陥ってしまった。そんなとき支えてくれたのが伯父だった。五年前に母は亡くなったが、そのときも私を精神的に支えてくれた。

「けどねえ。俺は遠慮したいんだよ」

夫は突然思いもかけない言葉を口にした。

「出たくないってこと？　どうしたっていうの？」

大きな声で言い私は夫を睨みつけた。

「前から考えていたんだ」

「前からって。何があったのよ。まさか遊びと重なっているとか」

つい嫌味な言い方になった。

「真理子には言ってなかったけれどな。お前の親戚はどうやら俺のことを、できない男と思っているらしい。いつからかは分からないけれどな」

「そんな……」

「六十で退職した後、次の仕事を探さなかったあたりからかなあ。俺のこと、女房に働かせて家で楽隠居とはねえ、って。軽く見られたものだ」

「そんなこと言う人はいないわよ。あなたが勝手に思い込んでいるだけよ」

「伯父さんはそんなこと言わない人だったけれどね」

夫が私を見てそう言う。

「そうでしょ。なら三回忌出てよね」

「東京だろ。東京はいまだに知らない所ばっかりだし。それに集まったらみんな酒が入る。それがなあ……」

夫はそう言った後、食事をかきこみ席を立った。

夫には本当にがっかりした。私はおかわりしたスープに手をつけられなくなった。

「あなたの親戚の集まりじゃあ、五十になって再就職した私のことを、何がしたいのやらって時々からかうように言っていたじゃない。冗談のつもりかしらね、あれ」

夫のいなくなったキッチンでぶつぶつと言葉を吐き出し続けた。

それからも私の夫への不満と不信は増幅するばかりだった。会話にならないことも増えた。夫が話す趣味のこともスポーツのことも私はあまり知りたいと思うものではなかった。私が話す映画や歴史小説の内容には夫は上の空といった感じだった。

私は息の詰まる日々から逃げ出したくなった。一泊の金沢旅行を十日ほど後に計画した。

「シロ。いい子にしていてね」

私は、愛犬シロにそう声をかけた。そして夫への書き置きをキッチンテーブルの端に置いた。風で飛ばないように筒状の箸たてをその上に置いた。書き置きには、『もうあなたとはやっていけません。旅行から帰ったら離婚を含めた話をすすめましょう』と書いた。これで一歩前にすすめる。夫はもうすぐ帰ってくるはずだからシロの世話についてはあまり心配はいらない。

軽めのリュックサックとショルダーバッグ姿で家を出る。後ろから寂しがるようなシロの声がする。京都駅までは一時間近くかかる。続いて乗る予定の金沢行き特急サンダーバードは自由席にしようと思う。はやい時刻の特急だから自由席でも空いているだろう。もう、今は家のことも夫のことも考えたくはない。

京都駅から明るめの青いラインの入った特急サンダーバードに飛び乗った。進行方向左側の窓側に座った。こちら側の方が海は良く見えるだろう。特急はすぐに出発した。金沢に住み喫茶店をしている大学時代の親友、弘子の所で一泊させてもらって、次の日は計画のない旅だ。

沙織にメールで、《金沢の弘子の所へ今日行きます。メールの返信はいりませんよ》と知らせた。そして夫からの連絡には無関心を通したいのでマナーモードにした。

特急はすすむ。なんだ。トンネルばっかりじゃないの、と心の中でぼやき、夫が昔そう言っていたことを思い出した。家を出てすぐに夫のことを思い出すなんて……。

夫は三人兄弟の末っ子で、母親にずいぶん大事にされて育ったようだ。夫自身はそうは思っていないところがなんともおかしな話だが。

私の実家は普通ではなかった。両親と私と弟の四人家族で平穏に暮らしていたが、弟が三歳の冬、風邪をこじらせて死んでしまった。小学一年だった私が、当時学校で大流行していた風邪にかかった。それを弟にうつしたのかも知れないと思った。実際のところはどうだったのかは知らないが、ずいぶん長い入院生活の末に弟は死んでしまい、弟のいない家は何か魔物が住んでいるかも、と思わせる程、それまでとは全く違う家になった。両親の仲も悪くなり、経済的にも苦しくなり、いい運がすべてどこかへ飛んで行った、と子どもの私は感じていた。大学を関西にしたのも、はやく一人暮らしがしたかったからだった。大学に入って三歳年上の夫と知り合ったとき、この人となら普通の幸せな家庭が築けるかも知れないと思ったものだ。それなのに……。

敦賀で停車し、そこを発車したあたりからは深い緑色がかった景色が広がり出した。山の上の木々の隙間から差しこむ日の光には透明感があり私の心を浄化していく。ふいに笑い声がして、三人の若い女性客が私のいる車両に乗り込んできた。ここに座ろう、と声がして、私の席の通路を挟んだ反対側に二人が腰掛けようとした。私がチラッと見たのと同時に向こうも私を見る。もう一人の女性がどこに腰かけようかと思案顔でいるので、「ああよかったら、私の隣へどうぞ」

私はもう少し奥へ座りなおした。

「すみません。じゃあ、そうさせていただきます」

若い女性はするりと隣に腰かけた。その女性はとても感じがよかった。バッグから取り出す手帳もスマートフォンも品のいいベージュ色だった。

車掌の切符の点検が終わりリラックスし始め、三人の女性たちは色々と話し始めた。

三人とも金沢の高校の同級生で、今から高校時代の同窓会に出席するため、この特急に乗り合わせたということが分かった。

武生、鯖江、福井、と停車駅を過ぎ特急は金沢へとすすんでいく。ふいに、高田さんとか、奈美さんとか聞こえてくる。もしかしたら隣の女性は、これから尋ねる高田弘子の娘の奈美ではないかと思った。思い切ってそのことを訊ねてみると、その通りだと言う。驚いた。

「母から聞いていました、友達の中井真理子さんが今日来られると」

奈美はそう言って、私をじっと見た。私のことを覚えているのかしら。

「私ね。奈美さんが大阪に来られたとき、一緒に遊んだのよ。五歳ぐらいだったかしら。大きくなって」

なんだか急に近い存在に思えてそう言った。

「覚えています。どうして大阪に行ったのか、分からないんですけど。家に写真があります、もうひとり女の人もいる写真」

「ああ、沙織です、その人は。今でも親しくしているのよ」

「うちの母と真理子さんと、それから沙織さんは大阪の大学で知り合ったんですよね、そりゃ親しくなりますよね」

「あなたのお母さんから、卒業してしばらくした頃、金沢に帰って旅館業を継ぐって聞いたときは寂しかったわ。でも弘子さんはしっかり者だから、弘子さんのお母さんも当てにされたんでしょうね」

「私が十歳ぐらいのときから若おかみとして忙しくして。二年前、やっと母の従弟に仕事を引き継いで……。去年の秋から旅館のすぐ近くで喫茶店をしています」

「おおよそのことは聞いているけれど。華やかな仕事の裏には色々苦労もあったでしょうね」

「はい。結局父は、母のおかみ業を嫌って家を出たんですから」

少し悔しげに奈美は言った。そして実は父親に女の人ができたので離婚をしたのだと、いきさつを素直に打ち明けてくれた。想像はしていたが、娘である奈美さんからそれを聞くと、なんだかこちらがドキッとしてしまう。

芦原温泉で停車し、旅行客が少し降りただけでまた発車した。

「まもなく加賀温泉に到着いたします」というアナウンスがある。通路をはさんで座っていた奈美の友達ふたりが、懐かしそうに、加賀にはまだ風情のある所が残っているはずというようなことを話しているのが聞こえてくる。私も、確かりっぱな温泉旅館が建ち並ぶ街だ、と思い出していた。

小松、松任、と停車した後、金沢駅に着いた。奈美たちは、駅近くの大きなホテルで同窓会があるというので、駅の構内で別れることにした。

「今夜遅くに私も母の家に帰りますので、またお話させてください。ああ、おばあちゃんが加賀の施設から戻っているかも知れません。例の旅館を継がせた張本人」

そう言う奈美と、「お気を付けて！」という友達ふたりは足取りも軽く、私とは反対の出口へと去って行った。いいわねえ、若いって、と平凡な思いにとらわれる。私と沙織と弘子もよく集まっては小旅行にでかけたものだけれど。この先一緒に旅行なんてことはたぶんないだろうと思う。私達は忙しすぎる。けれどどこかで、一度立ち止まって、今までの人生とこれからの人生を考えてみなければと、みんなも考え始めていると思う……。

金沢の駅は、和風の大屋根の上に銀色に光るパイプ製のアーチが端から端まで張りめぐらされていて、未来の駅のようになっていた。国際的に通用する街にしたいのだろうと感じる。外国の観光客でいっぱいだ。早速携帯電話で弘子に連絡する。

「あら、奈美と一緒だったなんてびっくりね。どうする。すぐにこっちに来る？」

「せっかくだから、兼六園に寄ってからにさせていただくわ。弘子の家は犀川を越えてすぐでしょ。夕方には着くと思う。おかまいなくね」

「何言ってるの。水臭い。今日は元々休みの日なんだけど、近所の人たちが貸切で使っているの。それも夕方には終わるから、何も遠慮することないのよ」

「あらあ。私ちょっとお店の助っ人をさせてもらえるかと楽しみだったのに……」

電話の双方で笑いあう。

兼六園は緑であふれ、木洩れ日が中央の池に反射し光っている。偶然の光景に目を奪われた。日本庭園の美しさに魅了されている外国の観光客も多かった。

はやく弘子に会いたくて、タクシーをつかまえ犀川のすぐ側だという弘子の経営する喫茶店に向かう。少し前までは犀川の両側は桜の花が満開だった、とタクシーの運転手から聞く。そう言えばテレビのニュースで最近、ここの桜を観たことを思い出した。そのテレビは夫と一緒に観た。今ひとりで犀川にいるなんて自分自身不思議な気分だ。夫は書き置きを読んだだろうか。きっと慌てているだろう。怒っているに違いない。でももうどうしようもない。

弘子の喫茶店に着いた。弘子は店の片付けをしていた。さっきまで賑やかだった余韻がまだ店には残っていて、使った後のおしぼりやストローがテーブルの端にあったりした。私も店内の片付けを手伝いながら、沙織に聞かせたのとほぼ同じ夫の愚痴を弘子に聞いてもらっている。

「私のような平凡な主婦の悩みなんて弘子に聞かせて悪いと思う。反省しなきゃ」

そう言う私に、弘子はコーヒーカップを洗う手を休め、

「そんなことない。私覚えてるわよ。真理子が仕事にとっても前向きだったこと。不登校の子や育児で悩む人の相手をずっとしていて。りっぱだわよ。そんな仕事の後だもの、家のことをまたひとりで背負う生活は誰だって嫌よ。いい解決策をみつけてね」

私は離婚という言葉を飲み込んだ。離婚してからの弘子の苦労は私の想像以上だったに違いないからだ。

やっと店が片付いた時は、七時を回っていた。

「ああ、弘子のお母さんは何時頃に帰って来られるの？」

私は思い出して訊いた。

「うん。もうすぐ帰ってくるわ。施設からの一時帰宅。真理子にも私の母親をみてもらいたかったから。でも本当なら、ふたりでゆっくり話せばよかったわね。なんだか真理子も大変そうだから。それから母のことは、おばあさんって呼んで頂戴。色々呼ぶと混乱することがあるから」

「そうなの。うん、分かった」

いきなり弘子が、冷蔵庫からなすびをたくさん出し始めたので、どうして？　と訊いてみた。

「母はね、少しまだらボケでね。昔の自分の自慢料理をね、帰るたびに作りたがるの」

「へえ、なすびで何か作るってことね」

「みじん切りして、牛ミンチとまぜてだんごにして油で揚げるのよ」

「結構手間がかかるんじゃあない？」

「そうなのよ。だから今のうちに夕食を済ませましょ。エビフライがあるし。後はうちのカレーでいいかしら」

弘子の手早い料理を奥の居間の座卓に並べ、向かい合って食べた。

奈美が帰ってきたのとほぼ同時に、おばあさんが施設のミニバスで帰ってきた。突然にぎやかになる。弘子のことを、母さん、母さん、と呼び話がはずんでいる。弘子はこの家族の中心にいるのだ、としみじみと感じながら少し羨ましく思った。

想像していた通り、おばあさんは、

「私はなすびを料理しなきゃ、今日のうちにね」

そう言い出し白い割烹着を奈美に手伝ってもらってつけ、手慣れた感じでなすびをみじん切りにし始める。けっこうな速さだ。しかもとても細かく切っていく。

「すごいですね、おばあさん」

私が言うと、

「毎日やっていますから」

笑顔で言う。毎日というところが変だが、弘子も奈美も反応せずにいるので私も頷くだけにした。後の作業は弘子がする。だんご状にしたものを新しい油で揚げ続ける。おばあさんは、そうそう、次はこっちだよ、と、おかみのような口ぶりで指示をしている。大きめのバットふたつになみなみとなすび団子が出来上がった。そこまで見ておばあさんは横の居間へ引き上げていった。たれの味付けは明日の作業になるが、必要な調味料は調理台の端にまとめて出しておくと弘子が言うので、しばらく醬油やみりんなどをそろえるのを傍にいて見ていた。それが終わると弘子は、さすがにほっとした表情で店の椅子に腰掛けた。

「ごくろうさん」

居間からおばあさんの声がする。どこかから見えていたのかと思ったが、気配で言っているのだと弘子が笑って言った。

私と弘子が居間に入っていくと、どちら様、と訊かれた。

「中井真理子です。大阪の大学で弘子さんと一緒に勉強していました」

何度目かの自己紹介をし、「そうかね」と何度目かの微笑む姿を見た。

奈美が、あのう、と急に真剣そうな表情になった。

「あのう。今日一緒に特急に乗っていた友達のことなんですけど。結婚して四年経っても子どもができずに不妊治療しているんです。費用もかさむみたいで結構悩んでいて。それで私、つい、中井さんが彼女の住む街の近くで最近まで家族関係の相談員をしていたって話したんです。そうしたら是非話を聞いてほしいって」

「まあ、そうだったの。色々悩みってあるのよね。いいわ。連絡先を後で知らせるわね、奈美ちゃんに」

「よかった。私じゃあ、どうにも相談相手にならないので。よろしくお願いします」

「いいのよ」

私は奈美の友達思いの言葉が嬉しかった。

二階の弘子の寝室で隣同士で休む。人生の先は分からないものだと話す。

「昔の着物姿の凛とした母の姿が時々懐かしくなるわ。私は早目に従弟に旅館業を譲って本当によかったと思っている」

「でも、弘子のおかみ姿もすごかったわよ。十五年はしてたでしょ、旅館業」

「そうなるわね」

「ここからすぐの所だったわね。こちらに来るときチラッと見た。リフォームした感じがした」

「やっぱり今風にしたくなるものなのね。もうアドバイスなんかしないことにしているの。口出しされたらやりにくくなるって知っているからね。……私は、やけっぱちでしていたところあったのよ」

「うん。……でも偉いと思う。辛い修業を無駄にしないで、旅館を継いだんだから。やるだけやったのよね、弘子。だから引き際もあざやかなんだ」

「去年喫茶店を始めたときは、うまくいかないかもって思ったわ、正直いうとね。母親も介護が必要になっていたし」

「金銭面はちゃんと折り合いがついたんだったわね」

思い出して私が言う。

「ええ。従弟も私の母には恩があるからって、十分なこととしてくれているの。これから色々経営面で大変な中、うちの相談にはのるからって言ってくれているのよ」

犀川の河原あたりで中国人らしき人たちの明るい話し声がしてくる。私と弘子は布団の中から出て、窓のすりガラスを通して外の様子をうかがった。もう人の気配はなくなっていた。

「楽しそうよね、旅行中の人たちって。けれど、おばあさん目を覚まさないかしら」

私がそう言うと、

「平気みたい。若い人が明るく自由にしているのは、いいことだって言うのよ」

「そうなの」

「……私の母はね、本当は旅館を継ぐ立場じゃあなかったのよ。母の弟が継ぐはずだったの。でもどうしても後を継ぐのが嫌になったらしくて、母にまわったの。母はピアノの先生になりたかったということよ。その夢をあきらめて生きてきたのね」

弘子は窓の外の暗闇をぼんやり見ながらそう言った。

「そんな事情があったの」

「だから、若い人には自由に夢をあきらめずにいてほしいってよく言うのよ」

弘子が布団に入る様子なので、私もそうする。

「私はね。子育てで精一杯だった。実家があまり温かい家じゃあなかったから、自分は自分なりに安心できる家をつくりたかった。けれど年をとってから就職の機会があった。経済的に苦しい時期だったこともあって働くって決心したの。ずっと働いてきた人たちと仕事をするとね、何かあせりや気負いがあった。仲良くなれた人もいっぱいいたけれど、待遇に違いがあったし。やれることに差もあったし。相談に来た人に、ああすればよかった、こうしてあげればよかったって考えるときもあったのよ。……でもなんとか帳尻をあわせることができて退職した。私のちょっとした反省は忘れはしないけれどね。これからは私も人生の先を考えなきゃ。そうするわね、弘子」

私は弘子に向かって真剣に話した。話しているうちに瞼が重く眠くなってきた。今日一日の旅の思い出が身を包んでくれる。

「明日は加賀の海を見てから帰ってほしいわ。今頃はまだ観光客も多くないはずだし。いいんじゃないかと思うわ」

「……考えごとするにはいい所かも知れないわね」

私は夫が書き置きを読んで今頃何をしているか、とまた気になった。でもそんなことを気にしたところでもうどうしようもない。

「真理子。それにね、うちの母は加賀の施設に入所しているのよ、普段は」

「そうなんだ。加賀に。へえ」

そう言いながら私は眠りに落ちた。

おばあさんの大きな声で目が覚めた。下の居間からのようだ。横で眠っているはずの弘子の姿がない。もう六時を回っているのにどうして働かないのか、というようなことを弘子や奈美に言っている様子がうかがえる。

慌てて着替えてみたが、下へ降りるのもためらわれ、なんとなく布団を二つ折りにして座っていた。右側の一番上の棚から大皿を取り出しなさい、というような料理に関するおばあさんの指示がとんでいるとわかる。はいはい、と弘子の声がする。

しばらくすると、一段落ついたようだった。階下へ行ってみると、弘子が大鍋でたれを仕上げたところだった。少し冷ましてなすび団子にからめると出来上がりだそうだ。

九時には、いとまごいをして、店の裏から出発しようとする。

「こりずにきてね」

そういう弘子に、

「当たり前よ。来る、来る。沙織にも報告する。今度は沙織と来るわね」

「そうしてね。本当にね」

弘子は名残惜しそうだった。

少し進んで、大通りに出る前に振り向いてみた。おばあさんが、弘子と奈美と一緒にいた。

「自由に生きなさいよ！」

おばあさんが急に力強い声で言ってくれた。

「はい。ありがとうございます」

そう言ってから弘子に手を振った。弘子も、

「そうよ、自由に生きて」と言ってくれているような気がしてじーんとした。

サンダーバードに乗って加賀温泉で降りた。金沢からは三十分足らずだった。加賀温泉で降りたのは、昨日弘子からのすすめがあったからだ。

観光協会で海コースの観光バスの予約をして、待ち時間の間ベンチに腰かけてパンフレットを読んでいる。『北前船とは江戸時代から明治にかけ、大阪から日本海を通って北海道まで行き来して積荷を売買した船のこと。千石船ともいう』と簡単に説明してあった。

ベンチから立った途端に、

「あのう、すみません」

女性の声がしたので振り向いた。若い女性が三歳ぐらいの女の子の手をとり立っている。

「この記念看板と一緒に写真を撮っていただけませんか？」

ずいぶん小声で言う。

言われたものを見ると、加賀温泉と大きく書かれ、顔の部分を大きくふたつ、くりぬかれた記念撮影用のパネルがあった。私が頷いて女性のスマートフォンを持つと、女性は裏の台に娘を立たせ、背中を支えながらパネルの穴に顔をいれ、自分も隣の穴に顔を入れて、撮ってください、と言った。

「みどり、みどり、あのスマートフォン見て」

母親が言っても、みどりちゃんは私の方を見ない。母親のスマホを抱えた私も、

「こっちを見て。みどりちゃん」と何度も声をかけた。みどりちゃんはチラッと私を見た。嫌な

予感がする。相談員として働いていた頃、発達に問題のある子の相談を受けた。それと共通する部分がみどりちゃんにはあった。そう思いながら私は写真を撮った。

礼を言って去ろうとする母親を少しひきとめた。

「旅行ですか？」

「いえ、加賀の者です」

そう言っておじぎをした。みどりちゃんがぐずり出す。

「あのう、みどりちゃんは今何歳ですか？」

そう訊く私に、

「三歳になりました。ちょっと変なんです、この子。歩くのもとても遅かったし、言葉も……。実は発達支援の集まりを紹介されて通い出したところなんです」と答えた。

私は内心ほっとした。ちゃんと助言する人がこの人にはいたんだ、と思ったからだ。それを気付かず大きくなるまで、母親だけで困難な育児をしている例は、私が働いていた街にもたくさんあった。みどりちゃんは母親が言っていることは分かっている様子がみえるので、きちんと発達の支援をうければ成長は期待できるだろう。

「私、子どものこと知らない人に話すなんてめったにないんですよ」

「……話してくれてありがとう」

私はこの三月まで相談員をしていたことも話した。

「みどりちゃん、バイバイ。さようなら」

私がそう言うと、みどりちゃんは、きょとんとしながらも、じっと見てくれていた。

旅行ならではの出会いがあるものだと思いながら、海コースのバスに乗っている。今日は平日なので観光客はとても少ない。私の他には、仲間で来たらしいおばさんのグループがいるだけだった。

北前船の館前という停留所で降りる。石畳の小道を歩けばすぐに海だそうだが、その前に資料館として残っているりっぱな家に寄ることにした。誰もいないのかと思ったが、すみませーんと声をかけると、すぐ隣りの事務室から主人が出てきた。

すぐに庭園や船の積荷として残っているものの説明を受けた。一歩間違えれば命を落とすという船での航海には欠かせなかっただろう双眼鏡や地図。そして錨、書き物の数々があった。海の男たちは、この地で待つ家族のために、命がけで働いただろう。ああ、缶詰がある。さびだらけのものが一缶。たぶん北前船の終盤に積荷されたものだろう。家族に土産として持って帰り、もったいなさにとって置いたものか。値段の都合でハンパになったものか。あるいは船底のすみに転がっていたものか。こうして長いときを経て展示されているのだろうと考えた。

缶詰から思い出したことがある。それは二十年ほど前のこと。私が珍しく風邪をひいて寝込んでいた夕刻のことだった。まだ小さかった二人の息子は私の寝ている布団のわきでおとなしくしていた。そのとき、突然キッチンの方でドーンと大きな爆音がした。私は驚いて飛び起き、息子たちを制し恐る恐るキッチンへ入った。私が目にしたのは、茶色くベタベタしたものが天井一面に張り付いている姿だった。

「ママ。床もベタベタ！」

長男が言い、それを踏みそうな次男をかばった。辺り一面にカレーの匂いがしている。それで、こうなった原因を私は少し分かりかけた。空になった鍋には爆発した大きなカレー缶の残骸が残っている。やっぱり、と私が言いかけたとき、後ろから駆けつけた夫が大声を出した。

「しまった。缶詰！　カレーの缶詰を温めていて、鍋の湯がなくなった。爆発したのかあ」

夫はガスの火がちゃんと消えているかどうかをやっと確かめていた。全くなんていい加減な人。私はその場に一瞬しゃがみこんだが、息子たちがケラケラと笑ってカレーに触りだすのをとめないといけないので、片付け出すしかなかった。夫も笑い出したいのを我慢して必死で雑巾で床を拭いている。やっとあらかた床がきれいになったと思ったら、夫の頭に天井からぽたりと大きなカレーの肉が落ちてきた。息子たちは大笑い。私も風邪が治ったかと思えるほど愉快になりだした。そんな昔の出来事はもしかしたら私しか覚えていないかも知れない……。あの頃から夫は不器用でおかしな面があった。それを自然に許せていたのに、一体どこでこうも歪んでしまったのか……。私が働きだしたことが悪かったのか。よく分からないが。

外に出て、説明が書いてある展示板をスマートフォンで撮った。そして小道を歩き始めた。秋田犬が体には不釣合いな小さな犬小屋から顔を出し、私の動きをみはっているので少し驚いた。

その後方に広がる家々には頑丈そうな塀が張りめぐらされていた。それがひと昔前の風情を留めていて、私は満足していた。昔の賑わいと異なり、家並みはひっそりとしていて人が暮らしているとは想像できないくらいだ。ときは移ろいゆくものなのだ。

秋田犬のいる家を再び眺めながら左に緩やかに曲がって続く道を進む。すると地鳴りかと思うような耳をつんざく轟音がした。私は心底驚いた。大海原がすぐそこに広がっているのだ。走った！　前だけを見ながら。そしてほんの数秒の後、視界の端から端まで日本海が飛び込んだのだ。海は青にび色をしていて、豪快な白波が浜に次々と押し寄せていた。そのしぶきは私に届きそうな勢いに思えた。大きな波のうねりに圧倒された。

私はしばらく動くことさえ忘れていた。潮風の勢いは強く、体を揺らし続ける。こんなにも激しい自然に向き合うのは何年ぶりだろう。

長い時間私は日常の不満の数々を忘れてしまっていた。心の底まで洗われる気がした。小さなことに怒り、不満を抱き、溜め息ばかりついている日常のなんと馬鹿げたことか……。大昔からこの海と共に生き、この海と戦ってきた人々がいる。そして皆歯をくいしばり、まっすぐ前を向き生きているのだ。私は一体今まで何を思って生きていたのだろうか。命を授かりこれまで生きてきて何を得たというのだろう。生きる喜びはあったはずなのに今は忘れ去ってしまっている。

日本海がぼんやりと見え始めた。まさか涙ぐんでいるから？　私が？

携帯電話がなった。今朝までマナーモードにしていたので、久しぶりの電話の呼び出し音だ。

表示を見ると沙織からだと分かった。

「もしもし、真理子。私よ。沙織」

「ああ、沙織。元気にしている？」

「なんとかやっている。真理子の旅行はどう？」

「今、加賀の海にいるの。今夜中には家に帰るけれどね」

「ああ、波の音がしている。いいわね。……あのう、旅行中に悪いんやけど、ちょっと急ぎで頼みたいことあってね」

「私に？　なあに」

「この前会うたとき、私まだギブスしてたでしょ。ほんまやったら、引き受けたボランティアの仕事やってる時期やったの」

「どんなボランティアなの？」

「高齢者や障害のある子を、同じところで交流してもらうっていう感じの。明後日、初めて会館でするの。ほんでね、私の他に当てにしていた人が都合でだめになって。ねえ、真理子。仕事辞めたとこで悪いけど、あんたの専門の分野やいうこともあるし。ちょっと一緒にしてくれへんかなあ」

「私が？　沙織にも言ったと思うけれど、いろんな人に助言や世話を繰り返して、ちょうどこの三月に一区切りついたのよ。次の問題は若い人に引き継いでもらう手配もすませてから辞めたのよ、仕事」

「そうやったね。でも困ってる子どもも親もいっぱいやからね」

沙織は心底がっかりした様子でそう言った。

「ごめん。少し考えさせて」

そう言い私は電話を切った。一瞬、加賀の海のそばにいることを忘れた。そして考えた。夫のことであれこれ考えていても、解決なんて簡単にはできないだろう。沙織が誘ってくれていることは、私にとってこれからしなければならないことへの手がかりになるかも知れない。そうかも知れない。

再び、今どこにいるかを意識した。荒ぶる海と吹き渡る潮風の中、私は沙織の誘いを受けなければという気がした。そして携帯電話を操作し沙織に、

「私にやらせてみて！」

そう言い電話を握り締めていた。何かが変わるかも知れない。私は自分の決意に体が震えていた。

サンダーバードに乗って京都に向かっている。加賀温泉を出て、行きと反対に芦原温泉、福井、鯖江、武生、と戻り、そして敦賀。とうとう京都のすぐ近くの駅に着いた。

この旅で会った弘子や、弘子の認知症気味の母や、奈美の友人の不妊の悩みや、加賀で会った母子。そういうものすべてが、沙織の誘ってくれた仕事を引き受けねば、と考えさせるような出

会いだったと思う。人はどこかで繋がっている。

もう一度、職場ではできなかった自由な仕事をしてみよう。正職員になんか気をつかわず、困っている人の側に必要とされるならそっと寄りそっていたい。

気が付いていたのだが、今まで見なかったメールを読もうと思った。夫から二件入っている。一番目は昨夜に入っていた。

《どこに行っている？　旅行か？　一泊するのか。聞いてないぞ》とあった。二番目は今日のお昼ごろに入っている。

《シロがやんちゃで大変だ》と書いてあった。シロがどうしたというのだろうか。シロは家族なんだから、私たちが別れるとしたらシロをどうするのかを考えないといけない。

夫とのことは、あの書き置きを夫がどう読んだかによって私も一歩先へ行こう。何年一緒に暮らしていても、同じ考えにたどり着くことはないだろう。死ぬまで仲良し家族っていうのはあるだろうけれど、私にはできなかった。家族関係の相談員などと肩書きをつけてもらって仕事をしていたが、自分のこととなると知恵をめぐらせてもうまくいかなかった。

京都駅から一時間ほどかけて自宅に戻った。見慣れた近所の夜の風景がいつもと少し違ってみえる。

インターホンをならさず鍵を開け玄関から入る。

「帰ったわよ」

声に出すと、ワンワンとなきながらシロが居間から駆けてきた。

「シロ。元気にしていた？　何か悪いことをしたの？」

居間に入ったが、特に何かが変わっているということもなかった。すぐにキッチンの端に置いていた書き置きを確かめに行く。ない！　テーブルの上には食べ残したものもないし、決心をして書いた書き置きもなかった。夫もいない。

何だかいつもより片付いている。家のゴミ箱は中身がなくすっきりしている。どうしたのか、と思っているところへ、夫が帰ってきた。

「帰っていたのか。一体どこへ行っていたんだ。メールを送っても返信はないし。あんたが返信しないことは今までなかったから心配したぞ。今夜帰らなかったら沙織さんに連絡するつもりだった」

「金沢の弘子の所へ行っていたの。あなたは今どこへ行っていたの？」

「シロの食べ物の買い出しだ。真理子、何も用意してなかっただろ」

「そんなことないわ。また、シロの食べ物の場所が分からなかったのね。……ところで私がここに置いておいた手紙読んだ？」

「手紙ってなんだ。メールで送っただろ。シロがあんたがでかけた日に暴れに暴れていてね。俺が帰ったときは家の中が散らかって大変だったんだ。テーブルの上なんかティッシュペーパーとかでぐちゃぐちゃだった。全部袋にまとめて物置に置いてある。あんた何か書いて行ったのか？」

そう面と向かって訊かれるとしり込みしてしまう。

「もういいわ。しばらくはいい。……私、沙織の手伝いでまた子どもと母親の相談受けるからね」

「ふーん。……そうか。いいよ。反対はしないよ。それより、家の片付けしたんだぞ。気がつかないのか」

「そりゃ気がついたわ。けれどどうして片付ける気に？」

「……それからな。この前立花と会ったとき仕事の手伝い頼まれてね。観光関係の仕事らしい。外国人の日本での滞在中の簡単なガイド役とか言っていた」

夫は自分の言いたいことを次々と言った。

「何ですって。あなた外国語できたっけ？　ああ、フランス語、できたわね。へえ。本気でやってみて。ホントに、ホントにやってみてね」

「びっくりしただろ」

「びっくりしたわ」

私は夫にあわせて言ってみた。けれど、本当は別の意味でびっくりしているのだ、私は。シロが私の予想もしなかったことをして、書き置きをなかったことにしたので驚いたのだ。そんなことがあるなんて考えられなかった。

「シロ。シロちゃん。あんた色々してくれるわね。面白い子。おいで」

シロを抱くとシロは嬉しそうにしっぽをちぎれるほど振った。

もうしばらく、このままの生活を続けてみようか。調味料入れの棚の上に、夫と私とシロと二人の息子が写っている写真が飾られている。今年の正月に撮ったものだ。夫はいつの間に飾ったのだろうか。夫が変化して、私も少し変わることができれば、もう一度充実した人生とやらを目指してやっていけるかも知れない。二人の息子もこれからの時代を生きていくのは大変だろう。相談相手の私と夫が仲たがいばかりしていていいことはない。

シロが小首をかしげて私を見上げている。抱いていたシロを床におろす。

「シロ。散歩に行こうか」

そう言って、私が部屋の隅にあるリードにふれると、シロは勢いよくしっぽを振り、私の足元にからみついてきた。

風の中

初春のある朝、テレビでは、今日は曇り空で、昨日とは打って変わって冬に逆もどりする一日になるだろう、と報じていた。

こんな日に限って洗濯物が多いわ、と思いながら洗濯機を操作する。

夫の健一は五年前に他界し、長女は結婚、長男は就職の関係でこの街を出ている。それで私は今ひとり暮らしなのだ。洗濯物は普段は少なく苦にならない。それなのに今日はその量が異常なくらい多い。二週間おきに仕事先から帰ってくる長男、卓也の洗濯物と、去年施設に入所した九十歳の母が、家に置いたままにしていた上着の洗濯をしなければならなくなったからだ。

洗濯機は古くて小さい。それを使って洗い、すすぎ、脱水を三回も繰り返して時間がかかる。そしてまだ雲が垂れ込めていない空を確認して外に干した。何かひどく疲れを感じた。

徒歩十五分のスーパーへ行き、買いものをすませて帰った。その頃には、雨が降り出しそうだった。急いで室内に洗濯物を取り込み簡易物干しに干しなおす。無駄なことの繰り返しで、畳に湿った洗濯物を落としてしまい慌てた。慌てているのに動きは鈍いようで、上手く干し上げるのに時間がかかった。

しばらくすると、また雲の隙間から陽の光が差してきた。なんだか私のしていることをあざ笑われているような気分になり、洗濯物のことも家事も、何もかもする気がなくなってしまった。

テレビをつけっぱなしにしてぼんやりとしていた。ワイドショーは有名な俳優が死んだことや、高齢ドライバーの無謀運転について、何度も伝えている。

「どうしてこんなにつまらない毎日なの。……完全に老人になってしまう、これじゃ」とぼやき、六十代後半なのだから老人で当たり前じゃあない、と思いなおし苦笑いしてしまった。

その夜、卓也に携帯から電話をかけた。

「どうしたの、母さん。今朝、そっちから出勤したばかりだろ」

「そうなんだけどね。メールしても上手く伝えられないから。月曜日で悪いけれど電話にしたの」

「電話なんて珍しいね。何かあった?」

卓也は眠そうな声で訊く。疲れていて早く眠りたかったに違いない。

「ごめんね。人の声を聞いてみたくなってね。すぐ切るから」

「別にかまわないよ。どうしたの?」

私は今日一日洗濯物のことでばたばたしてしまい、それが元で気持ちがふさいでいることを話した。

「したいこともあるはずなのに、何にも気持ちが向かわないの。ただ、洗濯物をなんとかしなきゃならないって、気持ちがそればっかりに向かって。どうしてこんなにこだわってしまったのかと思うの。自己嫌悪っていうのかな。もう完全に老人になっちゃったような気がしてきてね……」

言っているうちにも、どんどん暗い気持ちが膨らんでいく。

「真面目だからね、母さんは。父さんが死んでから、ひとりで頑張っているから。何でもかでも引き受けてさ。それはよくないんだよ」

「何でもって。春美や大樹のこと？」

「うん。春美姉さんにやっと子どもができ、ひと安心したけれど、大樹は障害があるようで……」

「発達障害って診断されてしまった。ドクターからね」

「大樹は四歳だし。僕も前から気になっていたよ。けどそう思いたくなかった、本当いうとね」

「卓也はたったひとりの叔父さんだからね」

私が言うと、軽い溜め息がかえってきた。

「頼りない叔父だよ」

「……やっぱり大樹のことは重いよね、私たちにとっては」

「また今度姉さんにも電話入れてみるよ」

「そうしてやってね。……なんか洗濯物から話が広がったね。ああ母さんが言い出したんだわ、大樹のこととか」

「とにかく気晴らしの方法見つけなよ、絶対に。一度言おうと思っていたんだよ。母さんがうちのクリニックの患者みたいになるといけないからね」

卓也は父の健一によく似た、低音の響く声でゆっくりと話してくれた。病院でケースワーカーという仕事についている。精神疾患専門の病院で、老人病棟もあり、うつや認知症の患者の相手もするのだ。その仕事が板についてきたのだろう。私の相手もうまくなってきている。

電話を切ってキッチンで生ゴミの後始末をしてから布団に入ったが、なかなか眠くならなかった。

しばらくして、シーンと静まり返ってきたとき、体の奥に、黒いしみのようなものができたように思った。そのしみはとても空虚で、何も感情を伴わないものだ。時計を見ると午前一時を過ぎていた。心配事がまたぼんやりと頭に浮かんでくる。

ただひとりの孫の大樹が発達障害であることは重い。幼稚園から少し前に言われていたようだが、それが病院受診で決定的なことだとして伝えられたのだ。長女の春美のショックは相当なものだった。それからまだ半年。春美は普通の人の数倍のエネルギーを毎日費やし、大樹の育児にあたっている。もちろん私も受け入れるまでには色々悩み、混乱もした。今でも、そんな現実が間違いであってほしいと思う日も多かった。

何の脈絡もなく思い出したことがある。昔、春美が中学生だった頃、春美の弾くピアノの音を自分の家に同居し始めた老人が嫌がると苦情がきたことがあった。そんな日はもう記憶にすら残っていなかったはずなのに……。

春美は、ほとんど言葉もなく奇声をあげたり走り回るわが子のことを、近所の人達にどう伝えているのだろう。しっかり者の春美だが、もしかしたら誰にも伝えられずひとり孤独にひきこもっているかも知れない。

夫の健一も死んでしまってから生まれた初孫なので、私もこれからのことがずっと不安だ。うまく睡眠のとれない日が数日続いた。体の中にぽつりと感じた黒いしみは、睡眠の取れないことと比例するように少しずつ膨らんでいる。

今日は母に頼まれて洗濯し直した上着を数枚と、新しく買ってきてほしいと頼まれていた夏用の黒っぽいズボンを持って、電車、バスを乗り継いで高齢者住宅へと行って来た。とても疲れた。週末なので夜には卓也が帰ってきた。特に凝った料理も作れず、肉じゃがと小松菜のおひたしと出し巻き卵を作って、ふたりで食べ始めた。

「どう？　母さんの体調は」

卓也はおかずをつつきながら静かに訊く。

「ぐっすり眠れるっていう日がないの」

「そうかあ。そう言えば顔色もよくないね」

卓也はしっかりと私を見てそう言う。

「今日はおばあちゃんの所へ行っていたから余計に疲れているの」

私も説明する。

「おばあちゃんは、車椅子生活にはなりたくないって、施設の中をよく歩くようになってきているのよ。たくさんの人の中にいると、自分で歩けることがとっても大事だと思うこと多いみたい」

と続けて話す。

「よかったじゃない。一人暮らしでもまだまだ平気だなんて言っていたから、ずいぶん心配していたんだよ、高齢者住宅に入ったときは。なじんできたみたいだね」

卓也は、ご飯のお代わりを自分でしようとして席をたった。

「うん。私が大樹や春美のことで大変だって分かってくれてからは、覚悟を決めてくれたからね。ただ、よく呼び出されるのよ。家においてきている洋服や鞄のことを思い出して持ってきてほしいって。私に会いたい気持ちもあるんだけれど」

「おばあちゃん、自分の思いを通す人だからね。行けないときは、はっきり言った方がいいよ。母さんが倒れたら一番困るのはおばあちゃんなんだから」

卓也は二杯目のごはんを大盛りにして戻って来た。

「おかず足りなかったよね。ああハムステーキがあるから、温めようか」

私がそう言うと、

「いいよ。……それより、ちゃんと医者に診てもらって、軽い眠剤をもらった方がいいと思うよ。

母さん、メニエール病で倒れたときあったじゃない。あのときも良い睡眠とれないことが何ヵ月も続いた後になっただろう」

「ああ。三年前ね」

私の言葉が暢気に響いたのか、

「あのときは軽症だったけれど。うちの病院には母さんとよく似た症状が回復しなくて入院するお年寄りもいるんだからね。とにかくいい睡眠をとることが何より大事なんだ。駅前の総合病院はいいから、必ずはやいうちに行ってよ。しゃれにならないよ、ケースワーカーの母親が重い病気になったとしたら」

卓也は真剣だ。少し怒っている。

「分かった。はやく行くから。ところで……」

そう言いかけて私は次の言葉を飲み込んだ。好きな女の子はみつかったか、という言葉だ。こんなに私のことを心配している息子に今言うことではない。

卓也に逆らう訳ではないが、取りあえず私は駅前の総合病院ではなく、すぐ近所の病院で診察を受け、睡眠導入剤を処方してもらった。気分的に少し安心できたのか、ついでに帰りにはバスに乗り大型スーパーへ行くこともできた。スーパーでは母に頼まれていた小物を買い揃える。

帰り道、バスに揺られながら、そういえば昔、母と夫と私とで一泊だけれど旅行にも行っていた、と思い出していた。夫も私も手軽なドライブが好きだった。カーナビがなくても、夫は地図だけでどこへでも出かける人だった。夫が亡くなっても、しばらく私はひとりで軽自動車に乗って用事を済ませたり、母とドライブに行ったりしていた。

ところが三年前、スーパーの屋上駐車場へと続く坂の途中で、私の前の大きなワンボックスカーが突然バックし、その車と後ろにいた車にはさまれ、軽自動車を壊されてしまったのだ。それ以降は怖くて車の運転は止めた。

それからは、歩いて一日おきに買い出しに行っている。スーパーでの買いものは、薄いビニール袋では持つのに指がちぎれそうに食い込む。配達を頼む手段をとる日も近いかも知れない。

そんなことを考えながら、六時過ぎにやっと家の前まで戻ってきた。辺りは暗い。門灯をつける家も最近は少なくなってきているのではないかと気付く。この地区の住人も少しずつ高齢化し、家の周りを気にする余裕のある者も減っているのだろう。

家に入ろうとしていると、サムという名の犬に引きずられそうになりながら、散歩をしている森山さんに出会った。

「あら、森山さん。サムの散歩ですか」

私が言うと、

「信代さん。またお母さんに頼まれたお買い物かしら？　大変ね」

少し息を整えながら森山さんは言った。八十歳に近いだろうか。膝の白いサポーターがうす暗い景色の中、やけに目立って見える。ご主人は十年ほど前に他界されている。一人暮らしという点で私と同じだ。最近はあまり息子さんたちが休日に集まる様子が見受けられない。

「サムの世話が大変でね。この子も私とおんなじくらいの年なのよ。もうおばあちゃん」

と笑う。

サムはハアハアいいながら私と森山さんの間を行ったり来たりする。そしてワンと一声なき散歩の続きをねだった。一人と一頭は散歩の続きに向かった。

森山さんの家はうちの三軒南下にある。玄関の鍵を開けていると、今度は隣の福井さんの奥さんが郵便ポストを開けているのと目があった。会釈されたので、

「奥さん、お元気ですか？」

と訊いてみた。福井さんは入退院を繰り返すご主人の世話に忙しいはずだ。今はまた入院中らしい。

「このところ見舞いに行くのが遠のいているの。老々介護よ、すっかり」

背中を丸め大変そうに言った。

「またお茶に誘ってください」と私は返し、一緒にオープンしたての喫茶店に行ってから、一年以上経つわ、と思い出していた。

簡単な晩御飯をとりながら、隣の福井さん夫婦はまだ七十歳代半ばのはずだと思った。自分の老いは客観的には分からないが、隣を見ていると何となく老いの先が見える気がした。思ったより早く自分も老いていくだろう、と想像せざるを得なかった。

週末には久しぶりに春美と大樹がやって来た。大樹は保健所から紹介された言語訓練の所に通い出したらしい。もちろん幼稚園へも通っている。春美は共働きの夢を大樹のために諦めた。「また再就職の道はあるわよ」と言う私の言葉は薄っぺらく響き、何を言っても春美の苦しみを軽くしてやることなどできないだろうと感じる。

「大ちゃんはどう？」

私は大樹を覗き込むように言った。すると、大樹は少し肩をすくめ、くすくすと笑った。ふっくらした頬に産毛が光り、これから人生を生きる力がめばえている気がする。積み木を縦一列に並べ、ブーと言っている。

「ずいぶん表情がよくなったと思うけど」

私の問いに春美は、

「言葉はかなり出てきているの。ただ大樹の場合は、こだわりとか、人への関心とか。そういう部分が気になるのよ」

そうマイナスに応える。

「私もインターネットやテレビの特集で勉強しているのよ、少しはね。でも難しいわね。周りに同じような子いないし」

「小学校で一緒だった小川君。あの子と根っこは一緒の障害よ。ただ小川君よりは、よくしゃべるようになると思う。ドクターの話からそう思うの」

春美にそう言われ、私は小川君という子どものことをはっきりと思い出していた。

「いたわね、小川君。可愛い子だったわね。そうなの。小川君のような感じなのね」

そう言いながら、小川君のお母さんがいつも気をつかって、寂しそうな笑顔をつくっていたことを思い出した。でもそういうことは春美には言わなかった。私は、痩せて肌もかさかさになっている春美に、ただ頷くことが一番の応援になるに違いないと思っていた。

大樹の相手をしてみようと思い、古い絵本を広げてやると、車や電車の絵のページを何度も選び、笑顔を見せる。

「ブーブーよ。こっちは、ガタンゴトンの電車」という響きには興味があるらしく、「ブーブー」と言ったりしてくる。春美と一緒に私も大喜びする。

夕方になり、大樹は迎えにきた父親の正の車で帰って行った。日が暮れると、また暗い気持ちになる。夫の遺影の前でぺたりと座り込み、もし夫が生きていたら、大樹のことをどう言ってくれるだろうか、と考えた。二人の子どもは、ずば抜けて勉強ができたわけではなかったが、私たちのことを大して困らせることもなく成長した。

夫は城に興味を持っていた。最近ブームになっている竹田城跡は子どもがまだ小学校へあがる前にすでに行ったことがあった。ほとんど誰にも会わず、なんてさびれたところなの、と感じたものだ。城壁の前で撮った家族写真は今もキッチンのワゴン台に飾ってある。

「あんなに元気だったのに……」

と心筋梗塞で逝ってしまった夫のことを思い出す。

夫は細やかな神経の持ち主でもあった。幼稚園の催しで、一輪ずつ花を持ってくるようにとの便りがあったとき、

「花を用意できない家もあるだろうに」

と呟いていた。私が、

「用意できない事情がある場合は、いいって書いてあるじゃないの」

と言うと、それでもなあ、と不満気だった。高校教師という仕事柄もあったかも知れない、と今になって思うのだ。

「大樹が生まれる前に死んじゃって。あなたが生きていたら、大樹のような子どもがいつまで経っても不平等な立場にいるってことや、世間の無関心に憤ってくれていたわよね」

涙も出ないが、こんなときひとりなのは何とも言えないものだ。


暑い夏が終わろうとしている。内科で処方された睡眠導入剤はよく効き、涼しい秋が近づく前に私は生活リズムを正すことができ、体の中の黒いしみのようなものにも、あまりとらわれない日も多くなってきた。導入剤は飲むのをやめた。けれど健康になったわけでもなく、生き生きと生活できているわけではない。

敬老の催しが母の高齢者住宅であるというので、私は春美を誘って母に会いにいくことにした。

大樹は幼稚園なので久しぶりに私と娘だけで電車に乗っている。隣りあって腰掛けて話す。平日の午前のせいか、車内は私のような年配者が数人いるだけだった。私は久しぶりにリラックスしていた。

ふいに数日前に近所であったことを春美に話したくなった。それは福井さんの火傷のことだった。

「隣の福井さんの奥さんが、枝豆をまとめて茹でていてね、大きい鍋の熱湯を右足にかぶったの。森山さんがサムの散歩中で福井さんの悲鳴を聞いて、それで分かったのよ」

「福井さんって、ご主人が肝臓病で入退院を繰り返しているのよね」よく覚えていて春美が言う。

「そう。それでね、私も駆けつけてね。氷で冷やすとしても足りないようなので、福井さんの車を私が運転して、病院まで行ったのよ。何年も運転していなかったけど、森山さんも乗ってくれていたのでね、福井さんを運べたのよ」

「母さん、無茶したのね。ダメでしょ。そんなときの為に救急の制度があるんだから」

春美があきれて私を見た。

私は、福井さんが救急車を嫌がったこと、それはご主人が何度か救急車の世話になったので自分のためには呼びたくないと頑固だったこと、福井さんの車は私が以前乗っていた軽自動車とほぼ同じ車種だったことを、急いで春美に説明した。

「でも確かにいけなかったと今は思っているわ。ああいうときって、集団心理っていうのか、三人とも興奮していたんだと思うの。二日間入院したのよ、福井さん」

私は次々と思い出していて、あのとき、森山さんが帰り道に、亡くなった夫にあの世で会うときに、少しでも世の中の役に立てたって言いたい、と話していたことも頭に浮かんだ。それを春美に言うと、

「森山のおばさんは元気ね。昔からそうだったけれど。世の中の役に立つ、か。……森山のおじさんも町内の役とかもよくしてくれていたっけ。もう十年ぐらい経つね、おじさんが亡くなってから」

春美はそう言ってから少し黙ったままだった。私も話すのをやめた。父親の死を思い出しているかも知れないと思ったからだ。私も夫のことを考えている。四歳年上だったから、生きていたらはっきりと老いに向かっていたかも知れない。一緒に色々工夫をしたり、困ったり、喧嘩もできただろうに。今さらながら口惜しい……。

そんなことを春美と話した数日後、また私は馬鹿なことをしてしまった。携帯電話を出先でなくしたのだ。珍しく話題の映画を観てきた日だ。知的障害者が親元から離れて暮らすというドキュメントタッチの映画だった。専門の介護人が数名支援するという形で年老いた親に代わって生活するという映画だった。懸命に生きている姿に感動した。まだ映画の余韻も冷めないというのに、私は帰宅してすぐ携帯電話がないことに気がついた。

すぐに映画館、そのビルの管理係、電車の忘れ物センター、警察と立て続けに連絡をした。携

帯電話の届け物で私のものとみられる物はなかった。卓也に言われ、携帯電話の会社に連絡し、悪用されないようにした。

二日経ってもどこからも何も連絡はない。新しい携帯電話を買う場合、同じ機種なら割引きしてもらえるらしいが、具体的に訊く気持ちにはまだなれそうもない。

でも落ち込んでばかりはおられず、近くの交番に遺失届を出しに来ている。同情するでもなく事務的すぎるでもなく、若い警察官は適切な受け答えをし、てきぱきと受理番号を書いた紙切れを手渡してくれた。

「お世話をかけました。携帯電話をなくすと、その日から手も足もでない感じです。この番号を携帯の会社に届け出れば新しいものが買えるそうですので、早速買います」

若い警察官は何度も頷いていた。年寄りを馬鹿にするような態度は慎むようにとでも教育されているのだろう。けれどどこかスマートすぎて、本当の思いがこちらに伝わらない。それがなんとも言えず、こちらの孤独感を増してしまうのだ。

その夜になって、一本の電話が家の固定電話に入った。私の携帯電話を預かっているという和食店からだった。映画を観た所の地下の店だ。携帯に頻繁に掛かっている電話番号に店から掛けてみたと言う。みつけてから二日も経っていることを詫びられたが、こちらはほっとして何度もお礼を言った。

「明日には新しいのを買うつもりでした。ああ、よかった。助かりました。ありがとうございました。明日はやくに伺います」

そう言って電話を切ったが、見つかったという嬉しさと、この数日の自分の落ち込み方を思い出すと、また寝つけず何かのときにと残しておいた睡眠導入剤を飲んだ。恐い夢はみなかったが、次の朝、忘れかけていた体の奥に感じた黒いしみのような感覚が私を襲った。どんよりとした暗い気分が続いた。

黒いしみは、やはり私の自信喪失や不安と深く繋がっていると分かった。だったら老化現象と繋がっているだろう。その老化をとめる方法なんて簡単には見つけられない気がするのだ。テレビのコマーシャルの健康維持食品には昔から懐疑的だ。夫の影響が強いのだ。夫は本物の野菜やたんぱく質の大事さを、よく話してくれていたし、私もそういう意見に納得していた。

一体、この心の中の黒く広がりつつあるしみはどうしたらいいのだろうか。


しばらくして、春美が遠慮がちに大樹を一日預かってくれないか、と言ってきた。友達の結婚式に出席したいという理由だ。丁度大樹の父親が長期出張となっているらしい。

「無理ならいいのよ。これから先、相談に乗ってくれる人の結婚式だから出たいけれどね」

「ああ、保育士さんの友達よね、確か」

「そうよ。大樹のことよく理解してくれているの。式に連れてきてもいいって言ってくれているくらいなの」

「ありがたいわね。けど、そういう訳にはいかないしね。いいわ。大ちゃんの癖とか嫌がることしっかり教えてね」

大樹は二週間後に春美に連れられて私の家にやってきた。

「飲み物は、オレンジジュースか水。おやつは持ってきたからそれをあげて。ただしお皿に盛る数は、偶数でしてね。こだわるの、数に」

「大体今までで知っている。どうしても落ち着かなくなったときがあると心配だけど」

「そんなときはお昼寝に誘って。毛布で体を包んでいると落ち着くわ、きっと」

春美は真剣に大樹のことを私に理解させたいようだ。私もただお守りをするだけでなく、孫を少しでも成長させたいと思っている。

「大樹、五時にママ帰るからね。それまでバアバといるのよ」

「五時、帰る」と大樹は春美の顔をチラッとも見ないでポツリとオウム返しでそう言った。

大樹は落ち着かなくなったのか、私の家にあるおもちゃ箱から、ひとつずつ遊べそうなものを探し始めている。

「大丈夫かしらね」

不安気に私が言うと、

「母さん。大樹は敏感なのよ。不安な顔しないでね」

「ああ、ごめん。そうだ。春美が教えてくれた絵本も見やすいところに置いてあるわ」

「ありがとう。私のバッグにも入れてきた。大樹の好きな絵本」

春美のバッグを広げると、電車や虫の絵本がたくさん見えた。

春美がそっと家を出て行った。大樹はおもちゃ箱からみつけたミニカー数台を居間の床に置き、それを前後させて大人しくしている。

「大ちゃん、まだここにもあるよ、ミニカー」

大樹の視線にミニカーを置くと、私を見ることもしないでミニカーだけを手にとった。私は無表情な大樹にいたたまれず、キッチンへと向かった。

特に今しなくてもいいのに、汚れた鍋の外側を磨き粉をつけたたわしでごしごしと磨く。

「どうして大事な孫がこんな風に……。一生懸命関わったって、チラッとも見てくれないなんて」

力もなくなってきているのか、鍋のこげつきは少しも落ちないし、指先だけがしびれ始めた。

うーん、と唸って床にしゃがみこんでしまった。

何か気配がするので振り向くと、大樹が怪訝そうな顔をして私を覗き込んでいるのが分かった。

「大ちゃん。見ていたの？」

驚いてそう声をかけると大樹は少し笑った。

「ええっ。何々？　大ちゃん、なあに、何がおかしいの？」

大樹はバランスをくずして床にぺたりと座ってしまった。でもまだ面白そうに私を見ている。

なんとなく私の顔が面白いのかも知れないと思い、水にぬれていない腕で顔を触ると、白い泡がついてきた。

「ああ、これかあ。磨き粉の泡がついていたね」

笑ってそう言ってやると、

「これかあ？」

独特の語尾上がりの言い方でそう言ってくれた。そのまま大樹を抱き上げ、

「バアバはお鍋磨いていたんだよ。泡がバアバにくっついたあ。これかあ」

次々と私は言い、大樹をゆらゆらと抱いていた。前よりも抱きやすくなっている気がする。きっと幼稚園の先生方も頑張って相手をしてくれているのだ。それで体のバランスをとる力が育ってきているのだろう。思いもかけない喜びに浸る。

しばらくして二人の興奮が落ち着いたので、居間に戻り、本棚からアヒルの絵本を選び、大樹の横に座った。

「大ちゃん。これアヒルだよ。アヒルの話。『遊ぼうよのガーちゃん』」

笑顔で声をかけると、大樹は絵本をチラッと見た。

「読んであげるからね」

と私は絵本を読み出した。

静かな池にいるアヒルたちは、子どもと遊ぶのが好きで、池の側を子どもが通るたびに、ガー

ガーとなきながら池から出て歩いてくる。ある男の子はそんなアヒルたちが好きで、朝食のパンの一部を取っておいて、急いで池に来てアヒルにそれを与えたりしていた。急に引っ越しが決まり、男の子は別れを告げられずにアヒルたちと別れた。何十年も過ぎ、大人になった主人公の男の子が仕事の帰りにその池に立ち寄る。そうすると、ガーガーと近づくアヒルたちがいた。主人公は昔を思い出し、きっと、遊ぼうよのガーちゃんの子どもたちなんだね、と声をかける、といった内容だ。

「遊ぼうよ、遊ぼうよ。ガーガー。ガーガー」

私は子どもの声をつくって、大樹を喜ばせようとしてみた。

大樹は、絵本のアヒルを何度もさわり、じっと見ている。そして私を見る。

「遊ぼうよ、遊ぼうよ、って」

大樹は私を見、声を聞いているのだ。

「遊ぼうよ、ガーガー、ってこっちにくるんだよ。可愛いね」

大樹は、ふいに、

「遊ぼうよ、遊ぼうよ」

とアヒルの絵をさわりながら抑揚もつけてはっきりと言った。

「そうよ。そう。遊ぼうよ、遊ぼうよ」

私は、奇跡にふれたような気がしていた。大げさではなく、本当にそう思った。大樹の声はこういう優しい声なのか。嬉しかった。帰宅した春美に話すと、とても喜んだ。

その夜、母から電話が入る。

「信代、頼みたいことといっぱいあるのに、全然来なくなっちゃって」

と不安そうに言われる。

「色々あってね。行かなきゃとは思っていたのよ」

「そんなに義務でやっているっていうような言い方しないでよ」

「ごめんごめん」

そう言うしかない私だ。

「じゃあ、一応買ってきてほしいもの今言うから、メモしてよ。いい」

母は矢継ぎ早に必要なものを私に伝えてくる。健康食品の申し込みは、用紙がなく、母のところへ行ってからでないと申しこんでくれる人はいない。やはり早く会いにいかないとだめだろう。母は私の体調の変化に全く気がついていないようだ。昔から、私には期待する面が大きく、私は母の前では、頑張る子どもを今も演じているような気がする。

話をかえたくて今日大樹が絵本の言葉を繰り返し言ったことを伝えた。何度も言えたので、母に話すうちにも喜びがまた湧いてくる。

「へえ、大ちゃんが絵本の言葉をね。遊ぼうよ、かい。むずかしい言葉なのにねえ。偉いね」

「百回で覚えなくても、千回繰り返せば言える言葉もあるって、春美が言っていたけれど。ホントにそうなることもあるのよね」

「信代も大変だろうけど、春美も強くなっていくね。いい孫だわよ。……いつだったか、信代と春美と大ちゃんで遊園地に行って、大ちゃんを迷子にさせてさ」

と母は突然いかにも大事件だったかのように少し笑って言い出した。一年以上前になるが、私と春美は人ごみの中で大樹を見失い血眼になって探したことがあった。

「あのときも、しばらく混乱していたけれど、春美が、大ちゃんはきっとこの場所に戻ってくるはずだって言って。信代をそこに残して自分は係の人と手分けして行ったんだったね」

「母さん、よく覚えているのね」

あまりふれたくないことだが、そう言ってみた。

「当たり前だよ。春美の言うとおり、戻ってきたんだったね」

「ええ。でもとっても長い時間に思えたわ。春美はいないし。……大樹は、私が声をかけるとさすがにほっとした感じで抱きついてきた。あのときは涙が出たわ」

話すうちに、はっきりと思い出してきた。

「信代も色々あるねえ……」

母と、思いがけず長話になる。こんなに会話が自然に流れるのは珍しいことだ。

あっという間に冬になる。この冬はなんとしても平穏に過ごしたいと思っている。けれど私は風邪ばかりひくし、卓也も帰ってきても、こちらの友達と会うことも減り、二階の自分の部屋で好きなクラシック音楽ばかり聞いていた。母は腸の調子がよくないというので、大腸の検査をしたりＭＲＩをとったりし、その度に私が付き添った。特に悪いところはなかったが、どうも運動不足で便通が整わず、高齢者住宅でも体調ばかりを気にするようになっているようだ。

親しくなっていた年の近い女性の入居者が亡くなったこともショックだったらしい。どんなにいいと思う所だって変化していくのは仕方のないことだと納得しながらも、どうしてパッと気の晴れることがおきないのだろう、私のまわりには、とまた暗い考えが頭をもたげる。

新しい年がきて、春美と大樹と大樹の父親の正さんが挨拶に来てくれたが、正さんは昔の猛烈サラリーマンと似たような生活を変えられず、大樹のことは春美が一手に担っていることにかわりはなかった。ただ正さんが珍しく卓也と夜遅くまで話していたのが印象に残った。卓也は仕事柄大樹が成長した姿を想像できるようで、自分の働く病院に通う知的障害者のことを、正さんに伝えているようだった。この寒い季節がはやく過ぎていき、私たちにも明るい日々が巡ってくることを心から願うことしか、私にはすることがないような気持ちだ。

今日は、レンタカーを借りて、四十年前、夫と暮らしていた団地近辺を訪ねている。もうすぐ団地が取り壊されると聞いたからだ。今住んでいる所からは車で一時間ほど離れている。この街にはもう知り合いはひとりもいない。団地は十棟あったが、住人はほとんどおらず取り壊されるのを待つばかりに見えた。カーテンもなく干し物のひとつもない一角は、時代が移り変わったことを知らしめているようだ。

まだ子どもが学校にも行っていないときに、ここに住んでいた。暖房器具といえば小さな石油ストーブがひとつと、こたつがあっただけの部屋だった。家族全員でこたつに潜り込みわいわいと騒いでいたのが、ついこの間のことのようだ。

隣接していた杉林の小山は、若い力が満ち溢れ、荒々しい様相を呈していたという記憶がある。けれど今、住宅地へと変貌している途中で、平らにくずされかけている。うすい茶色の山肌がまるで悲鳴をあげるように景色から浮いて見える。斜めに倒れかけている杉が痛々しく、昔の面影はほとんど残っていなかった。

少し車を走らせると、時々散歩に出かけた池が見えてきた。ああ、そうだ。アヒルの絵本を子どもに読み聞かせていた頃、この池にアヒルがいればいいのに、と思いながら、二人の子どもの手をひいて歩いたこともあった、と思い出した。春美は弟の卓也がころばないよう、何度も足元を見てやっていた。弟への思いやり、姉を慕う弟。本当にいい姉弟だった……。

もうこの街にくることはないかも知れない。思い立って出かけてきて良かった。ここに暮らしていた頃が、人生で一番充実していた頃だった、と感じた。

帰り道は、渋滞に巻き込まれることもなく車で走り続けている。左下にY川を見下ろし、もう少し季節がすすみ、もう少し夜になるのが遅ければ、川の中に、色々な種類の鳥の姿があったかも知れないと考える。ふいに白い何かが川べりに見える。もしかしたら、白鷺がいるのかも知れない。

去年の春の初めにふと感じた、空虚で何も感情を伴わない黒いしみのようなものは少し膨張しているようにも思えた。これにも慣れないといけないか。この先様々な出来事の中で、あんな時期もあったなあと思えればいいのだが、と思ったりもした。しかし、えーい、もうどうなってもいい、とふいに妙な気持ちになっていた。

少し感情が高ぶったのか。ややカーブしている白いガードレールが目の前を覆った。激しい痛み。そしてクラクションが鳴り響いた。一瞬にして気を失った。

気がつくと、私は四角いレンガ造りのような巨大な柱にしがみついていた。ようやく立ち上がり何気なく上を見た。まぶしくて目を開けていられないほどだ。恐る恐る足元を見る。右から左にふんわりとした白い煙が、まるで川のように流れている。不思議な光景だ。私は一体……。

「おーい」とこだまのような声がしてくる。その声は白い煙の向こう側から聞こえてくるようだ。目を凝らしてみると、そこには私が支えにしているのと同じような巨大な柱状の茶色いものがあるのが分かる。

「おーい、信代。信代。……分からないのか」

今度はすぐ近くで聞こえた。そして、向こう側の柱状のものの後ろから、人らしき影が現れた。形はぼんやりとして、ゆらりと動いているのだが、私はそれが八年前に亡くなった父だと分かった。

「父さん。父さんでしょ。……一体ここは……」

とまどっている私に、体の奥底にずしんと落ちるような父の声が響いた。

「信代はどうしてこんなところにいるのか」

「父さん。私、どうやら事故を起こしたみたい」

「事故……。お前はいつまで経っても慎重さが足りないというわけか。けれど事故の直前、お前は妙なことを考えたりはしなかったか？　何かただならぬ思いがうかんできているぞ」

「ああ、私、捨て鉢な気持ちが……。ただの事故じゃあなかったのかも知れない。私死んだのかしら。父さん。そうなの？　死んだのよね、私」

「死んだ。そう思うのか……」

「だってとても怖かった。生きているのが耐えられないくらい怖かった。ガードレールが目の前にきたわ。避けようとしたようにも思う、必死で……。でもこんなことに……」

「信代の人生はそんなに簡単なものではない。お前はまだまだやらなければならないことがある」

「でも私、どうしたらいいのか分からないのよ。ひとりで考え込んでばかりで」

「……四苦八苦しているのは誰も同じだ。それが生きるということだ。少し嬉しいことにも出会えるはずだ。そういうものを置き去りにしてこっちにくるというのか……戻るんだ。いいか。戻ってくれ」

父の深い悲しみにふれ、私は動揺した。

ふいに子どもたちの笑い声がし、父の言葉はこちらに届かなくなった。どうしたのか、と目を凝らすと、二つの男の子らしい影が向こうの柱の後ろに見え隠れしている。

「あなた！　あなたでしょ」

「信代。こんなところに来たのか」

姿は子どもの背丈で、動きも子どものようなのだが、声は夫だ。

「あなた。私どうなったの？　さっきは父さんがいたのよ。どこへ行ったの？　父さん」

「もう行ってしまったのだろう」

どこか悲しい響きを伴う言い方で夫は言った。もうひとりの男の子が少しずつはっきりと存在を示してきた。

「横にいるのは誰？」

そう考えるのと同時に、それが、もう何十年も前に亡くなった夫の親友だと感じた。

「よかったわね、あなた。ひとりぼっちじゃなくて。それに比べて私は最近何をしていたのか」

私の声は擦れていた。色々な思いが溢れ出ている。自分の手や足を見ると、あざだらけで、事故で相当な痛手を受けてここにいると分かる。

「信代。誰だって生きていれば年をとる。怪我をしたら外見だって変わる。けれど、ちゃんと僕の知っている信代だよ」

夫は私の心を見透かしたようにそう言う。

「いいかい。信代には守らなければならないことがいっぱい残っているだろう。僕は大樹のことだって知っているんだよ」

「大樹のことを？　そうなの」

私はなぜか違和感なく納得した。

夫は死んだけれど、私と深いところで繋がっているのだ。

どのくらいそうしていたのか。冷たい風の中、私は、どうにも動けなくて柱にしがみついたままだった。明るかった上空も墨を薄く流したような色合いになっている。

「ねえ、私はどうしたらいいの？　あなたたちのところへも、今までのところへも戻れない。動けないのよ、ちっとも」

少し前にあった夫や友人の気配はいつの間にかなくなっている。

「私をひとりにしないで！　お願い。こんなところでひとりは嫌」

もう声にならない声でそう叫ぶ。

「何を言っている。……もう伝えることは伝えた」

再び父の声がする。

「父さん。どこにいたの」

父の声に私は思わずそう言った。

「こちら側では長い間、人間とは話せないんだよ。だから、もう信代とはじっくり話をすることはできないよ」

父は静かにそう言う。

「父さん……」

「……信代、母さんを頼む。施設にいたって問題は起こすだろ。かばってやってくれ。あいつも苦労してきたんだから。……信代。生き返りたいと、心の底から願うんだ」

男の子らしい声が響いてくる。夫とその親友だろうか。

「あなた。あなた。どこにいるの？　どこ？　私に取り付きかけている、黒いしみ。このぽつんとしたものが追い払えないの、どうしても……」

私の呼びかけには誰からも何の反応もなく、ただ子どもらしい声の渦のような雰囲気が私のまわりで起こり始めた。

どこか遠くで気配がする。意識を集中させてみる。

突然、「遊ぼうよ」という言葉と、すすり泣く人達の気配がした。遊ぼうよって、どこかで聞いたような言葉だ、と私はぼんやりと思った。

「遊ぼうよ。遊ぼうよ、バアバ」

「バアバって、一体……。遊ぼうよって、もしかしたら、あの絵本の？」

私は大樹のことが頭に浮かんだ。バアバといってくれるのは、大樹しかいない。

「信代。やっと大樹の声が届いたか。もう少し遅かったら、こちらの世界へ、お前が苦しまないように連れてくるところだったよ」

父は声だけになっているが、私のことを見守っているのだ。

「健一君も安心するだろうよ。大樹のことを心配していたよ。今はもう近くにはいないがね。信代が大樹にしなければならないことは山ほどある、と伝えてほしいと言っていたよ」

「父さん。ありがとう。私。大樹の側にいたい」

「その言葉を待っていたよ」

風が吹き、それに消されるように、父の声は途絶えた。

息苦しくて目を開ける。ぼんやりと、そしてやがてはっきりと、私を覗き込む人達が見えた。

卓也、春美、大樹、正さん。そして数人の白衣を着た人がいる。

「母さん。気がついたね。やっと」

卓也がそう言ったきりで肩を震わせた。その横で、「バアバ」という声。大樹の言葉だとはっきりと気付いた。春美が、大樹の肩を抱きながら、

「バアバって言うのよ、このごろ、大樹は。母さんしっかりしてね。ゆっくりでいいから治ってね」

春美の泣き笑いの顔と、大樹の不思議なものでも見る様子で、私はこの世に戻ってきたと分か

った。

回復に向かってから母は卓也と一緒に見舞いに来てくれた。

「馬鹿な子だよ。もっと自分を大事にしなきゃ。抱えきれないなら助けを求めることだよ」

と手厳しい。卓也に、

「邪魔者が気付かないうちに、取っておきな」

そう言って一万円札を握らせていた。気付かないわけがないのに、と笑ってしまう。

更に回復し、リハビリが始まった頃、隣の福井さんと森山さんが見舞いに来てくれた。

「車に乗るきっかけを作ったみたいで、何だか申し訳なくて……」

火傷をしたときのことを言っているのか、福井さんはやはり腰の低い人だ。

「退院したら、一緒にコーラスに参加しましょ。ねっ。何か一緒にしたいと思っていたところ、コーラスに誘われたの。福井さんもね」

森山さんは逞しい。私も辛いリハビリに耐えられそうな気持ちになった。

なぜか、心の奥にあった黒いしみは、すっかり消えてしまった。大きな出来事があったせいなのだろうか。

四月になった。事故で右目がふさがっていたが、それも治り目はちゃんと開くようになった。

大腿骨骨折と左手首骨折という状態からも何とか回復し、リハビリに通う条件つきで退院が許された。

医師から退院可能と聞かされた日から、春風が心地よく感じられるようになった。それは時々思い出したように吹き、私はその度に、生きていること、そして生き続けることを実感していた。

退院の当日。卓也の運転で自宅へ帰る手配をとった。春美と大樹も来てくれた。

「本当に母さん、自分の家でいいのね」

「大丈夫よ。ヘルパーさんの手配もできているし。見舞いにきてくれた、森山さんと福井さんも親切な人たちだしね」

私は少しずつ気分が軽くなってきた。近隣の人たちを私は信頼しているのだ、と改めて思うのだった。時は進むけれど、人の心というものはそうそう変わらないものなのだろうと感じている。

「正さんは、数日は実家に泊まってきていいって言ってくれているのよ」

卓也の車に入院していたときの衣類などの入った鞄を積み込みながら、春美はそう言う。

私は杖をつきながら大樹と手を繋いだ。

「正さんはいい人ね。ありがとうって言っておいてね。……不便はあっても、やっぱり自分の家がいいのよ。春美だって、もう今の家の方が落ち着くでしょ」

「そうだけど」

「それでいいのよ。そういうものよ、生活するっていうのは」

後部座席に乗り込んだ私の横に大樹が乗る。助手席には春美。すぐに出発する。後ろから春美の顔をそっと見る。うれいに満ちた横顔は、この先何があっても耐え抜くというような、静かだが強い意志を表しているようだった。

見慣れた近所の景色が見えてくる。通りの両側には桜の木がなごりの花を見せてくれる。

私は、隣でずっと静かにしている大樹を見た。穏やかな顔つきだ。この子にあの世からこの世に呼び戻されたという思いは一生大事にしていこう。

「あら。母さん、見て。桜公園。ずいぶん桜が綺麗に咲いているわ、まだ」

「ほんと」

懐かしい公園の景色と桜の木々のうすいピンク色の一角が目に飛び込む。

「よかった。今年は暖かくなるのに時間がかかったからかしら」

車の角度が変わり、桜の木々の後ろに鮮やかな夕日がうかんできた。公園の中からもそれを見る人々がいる。

「綺麗な夕焼け。まるで秋みたい。……ほんとにいい街」

ふいに、私の横に腰掛けていた大樹が、

「赤い、赤い！」と言った。

「大ちゃん……」

「大樹……」

私と春美は驚いて、そろって大樹に声をかけた。

「ほんとに赤い」

「…………」

嬉しくて大樹の手をとったまま車窓を見た。すると、桜の木々が一陣の風に大きく揺れた。その風には、確かに父や夫の気配がしていた。

あとがき

掲載となりました五編のうち四編は、大阪文学学校を卒業した人たちで立ち上げた、勉強会からの出版である『あべの文学』という同人誌で評判がよかったものを、少し、あるいは大幅にかえたものです。そして最後の一編はできあがったばかりの作品です。いずれも、現代社会にどことなく生きづらさを感じている市井の人たちの心模様を描きました。

私の長男は自閉症ですが、成長の過程で生きていくための色々な力を身につけ、親としての私を喜ばせることも多々あります。そして長男に、あたたかく接し続けてくださっている方々に感謝する毎日です。

私は今回、大阪文学学校時代からご指導いただいています奥野忠昭氏に励まされ、出版の運びとなりました。心よりお礼申し上げます。

子育ての時代も、相談員を仕事としていた時代も、文学へのあこがれはありました。ただ責任ある日常に忙殺される毎日で、原稿用紙に向かって書き始めたのは、中年になってからになります。ペンネームの、『松　ゆうき』は、「待つ勇気」からきています。きれいな名前ですね、と言われる度に、私としては少し違和感がありますが、それにはふれないでいます。

先輩から、作品は事実、フィクションに関わらず作者から出たものです、と言われ、責任の重さを感じ始めています。どうか、この本がすぐに捨てられることなく、本箱の片隅で読者の皆様の生き方を見守らせていただけますように。

最後に、出版の労をとってくださった、鳥影社の、百瀬精一氏、ならびに、編集室の皆様に心よりお礼申し上げます。

二〇二〇年六月

松　ゆうき

初出一覧

ねこじゃらし、はねた……「あべの文学」4号（二〇〇六年）
（「風と家族」改題）
ただいま老活中…………「あべの文学」19号（二〇一四年）
（「ただ今老活」改題）
冬瓜の産毛……………「あべの文学」21号（二〇一五年）
書き置きの行く方……「あべの文学」30号（二〇二〇年）

（今回はすべての作品に一部改稿しました）

〈著者紹介〉

松　ゆうき（まつ　ゆうき）

1951 年生まれ。
大阪市立大学文学部卒業。
シナリオ・センター大阪校、つづいて大阪文学学校にて学ぶ。
家庭児童相談員として 10 年ほど役所の非常勤として勤務した。

ねこじゃらし、はねた

定価（本体 1500 円 + 税）

2020年6月27日初版第1刷印刷
2020年7月 3日初版第1刷発行
著　者　松ゆうき
発行者　百瀬精一
発行所　鳥影社 (choeisha.com)
〒160-0023 東京都新宿区西新宿3-5-12トーカン新宿7F
電話 03-5948-6470, FAX 03-5948-6471
〒392-0012 長野県諏訪市四賀229-1(本社・編集室)
電話 0266-53-2903, FAX 0266-58-6771
印刷・製本　シナノ印刷

ISBN978-4-86265-823-4 C0093